アンラヴェル ミー
少女の心をほどく者

下

タヘラ・マフィ

金原瑞人　大谷真弓　訳

潮文庫

目次

装幀♣森坂芳友（デザインスタジオ　サウスベンド）

人質

「じつに気分がいい」男はいう。「若者が時間を守ることをまだ大切に思っているのを見られるとは。他人に自分の時間をむだにされるのは、じつに腹立たしいからな」

わたしの頭のなかは、なくしたボタンやガラスの破片や折れた鉛筆の芯でいっぱいになる。ひどくゆっくりうなずきながら、バカみたいにまばたきをするだけで、言葉が見つからない。言葉をなくしてしまったからなのか、最初から言葉なんてなかったのか、それとも単にわたしがなにをいっていいかわからないせいなのか。

自分がなにを予想していたのか、わからない。

わたしの想像していた総督は年寄りだった。腰が曲がっていて、目もあまりよく見えない。片目に眼帯をして、歩くのに杖が必要。虫歯だらけで、肌は荒れ、頭ははげている。ひょっとしたら、ケンタウロスかも。ユニコーンかも。とがった帽子をかぶった魔女かも。なんでもいいけれど、こんな人だとは思わなかった。だって、ありえない。とても理解できない。わたしの想像はどれもひどく間違っていた。信じられないくらい、恐ろしく間違っていた。

わたしが見つめている男は、息をのむほど美しい。

それに、人間だ。

少なくとも４５歳にはなっているに違いない。背が高くてたくましく、ずるいくらい完璧にフィットしたスーツを着ている。豊かな髪は、ヘーゼルナッツバターのようになめらか。あごのラインは鋭く、顔の輪郭は完全に左右対称で、頬は年齢と生活の影響でこわばっている。けれど、重要なのは目だ。彼の目ほど華やかなものを、わたしはいままで見たことがない。

まるで、ふたつのアクアマリンだ。

「さあ」彼は信じられない笑みを向ける。「入りなさい」

そして、まさにその瞬間、ひらめいた。とつぜん、なにもかもに納得がいった。彼の容貌、身長、優雅で気品のある物腰、とんでもない悪人であることをつい忘れそうになる気安さ――この男だ。

この男がウォーナーの父親なんだ。

わたしは小ぢんまりしたリビングのような部屋に入った。小さなリビングテーブルのまわりには、でこぼこした古いソファが置かれている。壁紙は長い年月で黄ばみ、めくれかかっている。家のなかに奇妙なカビくさい空気がよどんでいるのは、ひび割れたガラス窓が何年も開けられていなかったせいだろう。足元のカーペットは深緑で、壁にはおかしな木目調のパネルが張られている。この家は、ひと言でいえば、醜い。こんなに美しい人が、こんなに醜悪な家のなかにいるなんて、滑稽な気がする。

「ちょっと待て。ひとついいかな」

「なに——」

彼がわたしを壁に押さえつけた。革の手袋をはめた両手で、わたしの喉をつかんでいる。すでにわたしの肌に触れる準備をしてある手で、息の根を止め、窒息させようとする。死んじゃう。わたしは確信した。死ぬってこんな感じがするんだ。まったく見動きできず、首から下に力が入らない。わたしは彼をひっかいてやろうとする。最後の力をふりしぼって蹴とばそうとする。いつか力つき、自分の愚かさのツケを払わされるまで。最後に頭に浮かぶのは、自分をののしる言葉。なんてバカなの。こんなところに来て、自分がなにかを成しとげられると本気で思うなんて。やがて、気づいた。彼はわたしのホルスターをはずしてるんだ。わたしの銃を奪って、自分のポケットに入れている。

そして、わたしを放した。

わたしは床に落ちる。

すわりなさい、と彼がいう。

わたしは首をふり、胸が苦しくて咳(せき)こみ、埃(ほこり)っぽくてカビくさい空気を吸いこんで、ぜいぜいあえぐ。苦痛で全身が発作を起こしたみたいだ。ここに入って2分足らずで、彼はすでにわたしを制圧してしまった。考えなきゃ。どうすればいいのか、どうすればここから生きて帰れるのか。いまはためらっている場合じゃない。

ほんの一瞬、目を閉じる。気道をすっきりさせて、頭をはっきりさせる。ようやく顔を上げると、彼はすでにソファのひとつに腰を下ろし、心から楽しそうにわたしをながめていた。

わたしはなんとか口を開く。「人質はどこ？」

「彼らは無事だ」名前のわからない男は、どうでもよさそうに片手をふる。「問題ない。それより、すわらないか？」

「なに――」咳ばらいしようとしてすぐ後悔した。熱い目から勝手に涙が出そうになるのを、まばたきしてこらえる。「なにが目的なの？」

彼はソファにすわったまま身を乗り出し、両手を組み合わせる。「いや、それが、もうよくわからないのだよ」

「はあ？」

「君も当然わかっているだろう。こんなものは」彼はあごをしゃくって室内を示す。「注意をそらすためのものでしかない。そうだろう？」またさっきと同じ信じられない笑みを浮かべる。「わたしの最終的な目的は、君の仲間をわたしの陣地に誘いこむことだ。君はちゃんと気づいていただろう？　わたしの軍隊は、たったひと言を待っている。彼らはわたしのひと言で、ここから半径八百メートル以内で辛抱強く待っているおまえの仲間を、ひとり残らず探しだして始末する」

恐怖がわたしに「やあ」と手をふった。

彼は少し笑う。「わたしが自分の土地でなにが起きているか、本当に知らないと思っているのかね、お嬢さん。だとしたら、大間違いだ」そういって、首をふる。「これまで、ああいう怪物集団を自由にさせすぎたのは、わたしのミスだ。彼らは最近、ますます面倒のタネになっている。そろそろ、排除すべきだ」

「わたしもその怪物集団のひとりよ」声の震えを抑えていい返す。「わたしたちを殺したいだけなら、どうしてわたしをここに呼んだの？　なぜ、わたしなの？　なにも、わたしひとりを選びだす必要はなかったじゃない」

「そのとおりだ」彼はうなずいて立ち上がると、両手をポケットに突っこんだ。「わたしはある目的でここに来た。それは息子の引き起こした混乱を収拾し、愚かな怪物集団が無邪気に作り上げてきたものを徹底的につぶすことだ。このみじめな世界から、君たちを消し去ること。しかし」少し笑う。「わたしがちょうど計画を練り始めたとき、息子に君を殺さないでほしいとたのみこまれた。君だけは」言葉を切って、顔を上げる。「君だけは殺さないでくれと、たのみこまれたのだ」また笑う。「まったく情けないやら、驚くやら。そこで、君に会わなければなるまいと思ったわけだ」

彼はほほえみを浮かべ、まるで魅入られたようにわたしを見つめている。「息子を惑わせた少女に会わないわけにはいかん！　わたしはそう思った。息子はプライドを――尊厳を――捨ててまで、わたしにたのみこんだのだ。息子にそこまでさせた少女には会わねばならん」少し休む。「これまで、いつ息子がたのみごとをしてきたか、知っているか？」首をかしげ、わたしの返事を待つ。

わたしは首をふる。

「一度もなかった」彼は息をついた。「ただの一度もだ。息子は十九年の人生で、わたしにものをたのんだことは一度もない。信じられんだろう？」彼の笑みがさらに大きく、まぶしくなる。「もちろん、息子がそういう人間になったのは、わたしのおかげだ。わたしはあれをうまく育てた。自分だけを信じ、常に冷静沈着で、人間を堕落させる欲求と欲望に惑わされることのないように訓練してきた。それが、息子の口から、あんな情けない懇願の言葉を聞かされるとは」そういって首をふる。「まあしかし、わたしは当然、興味を引かれた。この目で君を見ておかねば気がすまなかった。息子が君のどこを気に入ったのか、息子にこんな途方もない判断ミスをさせるほど、君にどんな特別なところがあるのか、理解する必要がある。だが正直にいうと、君が来るとは思っていなかった」片手をポケットから出し、手ぶりをまじえて話す。「もちろん、来てほしいとは思っていた。しかし、もし来るとしたら、少なくとも助けを連れてくるはずだと思っていた――援軍のようなものを連れて。ところが、ここにあらわれた君は、合成繊維でできたこの奇怪なものを身に着けただけで」彼は声を上げて笑った。「ひとりだった」じろじろとわたしを見る。

「じつに愚かだ。しかし、勇敢だ。気に入った。勇敢さは評価できる。とにかく、ここに来てもらったのは、息子に思い知らせるためだ。わたしはなんとしても君を殺すつもりだった」彼は室内をゆっくり規則正しく歩き回る。「それも、確実に息子の目に触れる場所で殺すつもりでいた。戦場は混乱するからな」そういって、片手をふる。

「だれが殺され、どんなふうに死に、だれがだれを殺したか。そういうことがわからなくなってしまう。わたしはこの特別な死を、はっきりとわかりやすいメッセージにしたかった。とにかく、こういう愛情を抱くことは息子のためにならん。そういうナンセンスに終止符を打ってやるのが、父親としてのわたしの務めだ」

気分が悪い、すごく悪い、ひどい吐き気がする。この男はわたしの想像なんておよびもつかない、はるかに邪悪な人物だ。

口を開いたわたしの声は、荒い吐息のような、耳ざわりなささやきだった。「じゃあ、なぜさっさと殺さないの？」

彼は少したためらってから答えた。「わからん。まさか、こんなにかわいいとは思わなかったのだ。息子は君の美しさについてはまったく触れなかった。美しいものを殺すのは、いつでもじつにむずかしい」ため息。「それに、君には驚かされた。指定時刻きっかりにあらわれた。それも、たったひとりで。愚かにも敵に捕まった価値のない連中を救うために、君は進んでみずからを犠牲にした」

そこで短く息を吸う。「生かしておいてもいいかもしれん。役に立つのは無理だとしても、人を楽しませることくらいはできるだろう」首をかしげて、考える。「生かしておくとしても、君はわたしとともに首都へ来ることになる。もう、息子がまともな行動をとれるとは思えんからな。あれにはさんざんチャンスをやってきた」

「ありがたい申し出だけれど」わたしはきっぱりいう。「そんなことをするくらいなら、崖から飛び下りたほうがましだわ」

彼の笑い声は百個の小さな鐘の音みたい。楽しそうで、健全で、まわりに伝染する。

「やれやれ」彼のほほえみは明るく暖かみがあり、まったくいつわりがない。彼は首をふると、もうひとつの部屋らしいところ——たぶんキッチンだと思うけれど、はっきりとはわからない——へ向かって呼びかけた。「おい、入ったらどうだ?」

わたしに考えられるのは、人は死ぬこともあるということだけ。爆発に巻きこまれそうになったり、2メートルほど地下にいて窓を探し求めているときに、だれかにライターのオイルを髪にかけられ、目の前でマッチをすられることもある。

体に火がつくのを感じた。

ウォーナーがいる。

いまわたしが立っている場所から向かいにある戸口に、ウォーナーがあらわれた。

記憶のなかの彼とまったく変わっていない。金色の髪に完璧な肌、薄いのに鮮やかなエメラルドグリーンの瞳。申し分なく整った顔立ちは、父親ゆずりなのだといまはわかる。こんな顔があるなんて、だれも信じられないだろう。完璧すぎて腹立たしいほどの線と角度と左右対称性。こんな顔、だれも望むはずがない。災難や危険を運命づけられた顔。疑うことを知らない罪なき人から奪った超過分を、過剰に埋め合わせるはけ口を運命づけられた顔。

すべてが過剰だ。

ありえない。

わたしは怖くなる。

黒と緑と金が彼の色らしい。黒いスーツはあつらえたもので、細身なのにたくましい体にぴったり合っている。スーツの下には黒を引き立てるぱりっとした白いシャツを着て、さらにそれを引き立てるシンプルな黒いネクタイを締めている。ウォーナーはまっすぐ堂々と立ち、まったくひるんでいない。まだ右腕を三角巾で吊っているのに、だれの目にも威圧的に見える。生まれてからずっと頂点に立つことだけを教えこまれ、人生から子ども時代という概念を消し去るようにいわれてきたのだ。唇はほほえみもせず、額は苦悩にしわを寄せてもいない。感情を表に出さず、思っていることを隠し、だれもなにも信じないよういい聞かされてきたのだ。ほしいものは、必要とあらばどんな手段を使ってでも手に入れるように。そういうことがすべて、はっきりとわかる。

けれど、そんな彼が、わたしには違って見える。

彼の視線は強すぎて、彼の瞳は深すぎる。その表情がなにかは、わかりたくない。まるで、こういっているみたい。おまえは成功した、事実、わたしの心臓を撃ち抜いて殺した。わたしが愛しているといったのに、おまえはその可能性すら考えることを拒否し、死にかけていたわたしを捨てていった。

いまの彼は違って見える。なにが変わったのか、わたしにはわかる。

彼はわたしに対して、感情を隠そうとしていない。

わたしの肺は嘘つきで、わたしを嘲笑（あざわら）いたいだけの理由で、ふくらんだりできないふりをしている。手はひらひら羽ばたいて、わたしの体という牢獄から逃げようと躍起になっている。まるで、１７年間飛び立つのを待っていたかのように。

逃げて、手がわたしにいう。

息をして、わたしは自分にひたすらいい聞かせる。

子どもとしてのウォーナー。息子としてのウォーナー。ごく限られた人生しか知らない青年としてのウォーナー。父親といっしょにいるウォーナー。その父親は、息子が生まれて初めて心から求めたものを殺すことで、息子を戒めようとしている。

ほかのどんなものよりわたしを怖がらせる人間としてのウォーナー。

総督がしびれを切らした。「すわれ」息子に命じ、さっきまで自分がすわっていたソファを指す。

ウォーナーはわたしになにもいわない。

彼の目はわたしから離れない。わたしの顔、体、胸に巻きつくホルスターを見る。その視線が首に止まる。たぶん、父親がわたしの首に残したあざを見ているのだろう。彼の喉が動いた。目の前の光景をみとめるのがつらそうだ。ウォーナーはようやくわたしから目を引きはがし、リビングに入ってきた。彼が驚くほど父親にそっくりなことが、さらにわかってきた。歩き方、スーツを着た姿、潔癖なところ。それでも、彼がみじめなまでに模倣せざるを得なかった父親を、心からきらっているのは明らかだ。

「さて、教えてもらおうか」総督がいった。「いったいどうやって、基地から逃亡したのか」そこで、わたしを見る。「急に興味がわいてね。息子はくわしいことを語ろうとしないんだ」

わたしはまばたきする。

「話してくれ。どうやって逃げた？」

わたしはとまどう。「最初のほう？　それとも二度目のほう？」

「二度目だと！　二度も逃げおおせたのか！」総督は大笑いしている。そしてひざをぴしゃりと打った。「信じられん。ならば、両方だ。二度とも、どうやって逃亡した？」

どうして、ぐずぐずしているんだろう？　わからない。たくさんの人々が開戦の合図を待っているときに、なぜおしゃべりなんかしたがるの？　わたしは祈らずにいられない。アダムとケンジとキャッスル、そしてほかのみんなが、外で凍え死んだりしていませんように。わたしには作戦はないけれど、直感はある。人質はキッチンに隠されている気がする。そこで、しばらく彼の機嫌をとることにした。

最初は窓から脱出した、と答える。二度目はウォーナーを撃った。

総督はもう笑ってはいない。「撃、っ、た、だと？」

わたしはちらりとウォーナーを見る。彼の目はまだわたしの顔を見据えている。彼の口が動く危険はまだない。彼がなにを考えているのかはわからない。わたしは急に興味をそそられ、彼を挑発したくなった。

「ええ」と答え、ウォーナーと目を合わせる。「撃ったの。彼の銃で」ウォーナーは不意に口元をこわばらせ、ひざの上で強く握りしめた両手に目を落とす。まるで、自分の5本の指で、体から弾丸をえぐり出したかのように。

総督は片手で髪をかき上げ、あごをさすった。彼が動揺したようすを見せたのは、わたしがここに来てから初めてだ。それにしても、わたしがどうやって逃げたか知らなかったって、どういうこと？

ウォーナーは腕の銃創をなんて説明したんだろう？

「名前はなんていうの？」わたしはたずねた。やめようとしたけれど、言葉を引っこめるのがほんの一瞬間に合わなかった。ばかな質問をするべきではないけれど、彼のことをずっと〝総督〟と呼ぶのはいやだ。それじゃ、まるで触れてはいけない存在みたい。

ウォーナーの父親はわたしを見て、大げさに眉を上げた。「わたしの名前か？」

わたしはうなずく。

「アンダースン総督と呼びたまえ」彼はまだとまどった顔をしている。「なぜ、そんなことを気にする？」

「アンダースン？　あなたのラストネームはウォーナーじゃないの？」息子と区別をつけるために、彼のファーストネームが聞きたかったのに。息子のほうは、ウォーナーと呼ぶのにすっかり慣れてしまったから。

アンダースンは怒ったように息をつき、息子にうんざりした目を向ける。「断じてそんな名前ではない。息子は母親の苗字を名乗るのがいいと考えたのだ。いかにも、こいつの考えそうな愚かなことだ。過(あやま)ちだよ」ほとんど宣言するような口調になっている。「こいつは常に過ちをおかす。何度も何度も——任務に個人的な感情をさしはさむ。哀れなものだ」そういって、ウォーナーのほうへ唾(つば)を吐く。「こういうわけで、生かしておいてやりたいのはやまやまだが、お嬢さん、君は息子の人生にとって大きな妨(さまた)げなのだよ。息子は自分を殺そうとした人物を守ろうとしている。そんなことを許すわけにはいかん」彼はやれやれと首をふった。「いや、信じられんよ。まさかこんな話をしなくてはならんとは。まったく、息子には恥をかかされる」

アンダースンはポケットに手をのばして銃を出すと、わたしの額に銃口を向けた。

そこで、気が変わったらしい。

「いつも、おまえの尻ぬぐいをさせられるのはうんざりだ」ウォーナーに怒鳴ると、腕をつかんでソファから立たせた。そしてわたしの真正面に押しやり、怪我をしていないほうの手に銃を押しつける。

「おまえが撃て。いますぐ撃ち殺せ」

ウォーナーの目がわたしの目を見据える。

わたしを見つめる彼の目には、激しい感情が宿っている。わたしは彼のことを知っているのかすら、わからなくなる。彼を理解していたのか自信がない。彼がなにをしようとしているのかわからない。彼はごつい手を震わせることもなく銃を上げ、まっすぐわたしの顔に向ける。

「早くしろ」アンダースンがいう。「早く片づければ、それだけ早く前へ進める。ほら、さっさとやれ――」

ところが、ウォーナーは首をかしげ、くるりとふり返った。

銃口を父親に向ける。

わたしは息をのんだ。

アンダースンはうんざりして、苛立ち、じれているようだった。いらいらと顔をさすると、ポケットからべつの銃を――わたしから奪った銃を――出した。信じられない。

父親と息子が、おたがいに銃を向けている。

「銃を正しい方向へ向けろ、エアロン。ばかばかしい」

エアロン。

この異常事態のさなかに、わたしは笑いそうになる。

　ウォーナーのファーストネームは、エアロンなんだ。

「殺す気はない」ウォーナーが、エアロンが、彼が父親にいう。

「わかった」アンダースンは銃をまたわたしの頭に向ける。「なら、わたしがやる」

「そのときはおれがあんたの頭を撃ち抜く」

　死の三角形だ。ウォーナーは父親に銃を向け、父親はわたしに銃を向けている。わたしだけ武器がなく、どうしていいかわからない。

　動けば、死ぬ。動かなくても、死ぬ。

　アンダースンはにこにこ笑っている。

「じつに魅力的だ」のんきに気安い笑みを浮かべながら、目を疑うほど平然と銃を握っている。「どうした？　この子がいると、自分が勇敢な男に思えるか？」少し休む。「自分は強いと感じられるか？」

　ウォーナーはなにもいわない。

「この子がいると、もっと優れた人間になりたいと思うのか？」小さく笑う。「この子に将来の夢で頭をいっぱいにされたか？」思いきり笑う。

「骨抜きにされたか」アンダースンはつづける。「こんな愚かな子どもに。銃口を顔に向けられても、怯えきって身を守ることもできん子どもだぞ」そういって、銃をさらにわたしのほうへ近づける。「こんな愚かな少女に、おまえは恋をしたのか」怒ったように短く息を吐く。「いまさらながら、驚きだな」

ウォーナーの息づかいが新たな緊張を帯びる。銃を握る手も。ウォーナーが父親の言葉にほんのわずかでも影響されている兆候は、それだけだ。

「おまえはいままで何度、わたしを殺すと脅してきた？」アンダースンがたずねる。「わたしが真夜中に目を覚ましたら、寝ているすきにわたしを撃とうとしたおまえがいたということが、これまで何度あったと思う？　おまえがまだ幼いころにも、そういうことがあった」首をかしげて、返事をうながす。「十回か？　いや、十五回か？　わたしもさすがにかぞえきれんよ」アンダースンはウォーナーを見つめ、またほほえむ。「そして、それを成し遂げられたのは何回だ？　何回、成功した？」声がかなり大きくなる。「何回泣きだし、あやまりながらわたしにすがりついてきた？　まるで気が触れたように――」

「だまれ」ウォーナーの声はとても低く、とても穏やかで、体はぴくりとも動かない。恐ろしいくらい。

「おまえは弱い」アンダースンはいまいましそうに吐き捨てた。「情けないほど感傷的だ。自分の父親を殺したくないか？　自分の哀れな心が壊れそうで怖いか？」

　ウォーナーの口元がこわばる。

「わたしを撃て」アンダースンの目は浮かれ、楽しそうに輝いている。「撃て！」今度はウォーナーの怪我をしているほうの腕に手をのばし、傷の上から力いっぱいつかんで後ろにひねり上げた。ウォーナーは苦痛にあえぐ。激しくまばたきをして、こみ上げる悲鳴を懸命に抑えようとしている。銃を握る怪我をしていないほうの手が、かすかに震えている。

　アンダースンは息子を放した。乱暴に突きとばされたウォーナーはよろけたが、なんとか倒れずにすんだ。顔色は真っ青だ。腕を吊っている三角巾には、血がにじんでいる。

「さんざん話した」アンダースンは首をふる。「さんざん話をしても、まだやり遂げられんか。まったく困ったものだ」ウォーナーに向かってそういうと、嫌悪に顔をゆがめた。「うんざりだよ」

　乾いた音がひびいた。

　アンダースンが手の甲でウォーナーの顔を打ったのだ。その勢いで、すでに血の気を失っていたウォーナーは一瞬よろけた。それでも、ひと言も発しない。

うめき声ひとつもらさない。

ただ痛みに耐え、激しくまばたきをして歯を食いしばり、無表情で父親を見つめて立っている。ついさっき引っぱたかれたことを示すものは、頬からこめかみ、そして額の一部に広がる真っ赤な跡だけ。ただ、腕を吊る三角巾ににじむ血はますます濃くなり、ウォーナーは自分の足で立っていられる状態にはとても見えない。

それでも、だまっている。

「まだ、わたしを脅したいか？」アンダースンは息を荒げている。「まだ、そのガールフレンドを守れると思っているのか？　わたしがおまえの愚かなのぼせあがりを許すと思っているのか？　わたしがこれまで築き上げてきたものを、目指してきたものを邪魔させるとでも思っているのか？」アンダースンの銃はもうわたしに向けられてはいない。わたしなど忘れて、その銃身を息子の額に押しつけ、ぐいぐいひねったり小突いたりしながらしゃべっている。「わたしはなにも教えなかったか？」怒鳴っている。「おまえはなにも学ばなかったのか――」

次に起こったことを、わたしはどう説明していいかわからない。

わかるのは、わたしの手がアンダースンの首をつかみ、彼を壁に押しつけたことだけ。目がくらむほどの、すべてを焼きつくす怒りにのみこまれ、わたしの脳はすでに燃えて灰になってしまったんだと思った。

首を絞める手に、力をこめる。

アンダースンは唾を飛ばしてあえいでいる。わたしの腕をつかもうとし、両手で弱々しくひっかこうとする。その顔が赤から青になり、さらに紫に変わっていくのを、わたしは楽しんでいる。心の底から、楽しんでいる。

わたしは笑っていると思う。

彼の耳元に顔を寄せてささやく。「銃を放して」

彼はそうした。

わたしは彼を放すと同時に、銃をつかんだ。

アンダースンはぜいぜい息をしながら、床で咳こんでいる。息をしようと、口をきこうと、身を守るものを探そうとしている。彼の苦痛が、わたしには楽しい。この男とこの男のしたことに対する混じりけのない純粋な憎悪の雲に乗り、わたしは浮かんでいる。すわって思いきり笑いたい。涙にむせ、満ち足りて口をつぐむまで。いまわかった。はっきりわかった。

「ジュリエット――」

「ウォーナー」わたしはとてもやさしく声をかける。目の前で床にぐったりしているアンダースンの体を見つめたまま。「いまは、わたしにかまわないで」

わたしは両手で銃の重みを確かめる。引き金に指をかけてみる。ケンジから教わった狙(ねら)いの定め方を思い出す。両手と両腕を動かさないようにする。それから反動に――引き金を引いた後の跳ね返りに備える。

わたしは首をかたむけ、撃ってやりたいアンダースンの体の部位のリストを作る。

「きさま」アンダースンがやっと苦しげな声を出した。「きさま――」

彼の脚を撃つ。

彼は叫んでいる。というか、叫んでいると思う。わたしにはもう、なにも聞こえない。耳に綿がつまっているみたい。だれかがわたしに話しかけようとしている、それとも、叫んでいるのかもしれない。けれど、なにもかもくぐもった音にしか聞こえない。いまは集中すべきものが多すぎて、背後で起きているわずらわしいことにはかまっていられない。わたしにわかるのは、この手の武器の反動の名残だけ。聞こえるのは、頭のなかでひびく銃声だけ。そうだ、もう一回やってみよう。

もういっぽうの脚を撃つ。

叫び声がうるさい。

わたしは楽しむ。アンダースンの目に浮かぶ恐怖を。彼の服の高価な生地を台なしにしてく血を。そんなふうに口を開けていると、魅力的に見えないわよといってやりたい。けれど、わたしの意見なんてどうでもいいわよね。彼にとって、わたしはただの愚かな女の子。ただの愚かな少女、かわいい顔をしたバカな子どもだ。怯えきって自分の身も守れない子ども、と彼はいっていた。あ、でも、わたしを生かしておきたいんじゃないかしら？　ペットとして飼っておきたいかも。なんて、そんなはずないわよね。彼にわざわざ、わたしの考えを話すことはない。もうすぐ死ぬ人にムダに言葉を費やしたってしょうがない。

彼の胸に狙いを定める。心臓の場所を思い出そうとする。

そんなに左じゃない。そんなに真ん中じゃない。

そう――そこ。

完璧。

わたしは泥棒だ。

医者のひとりから、ノートとペンを盗んだ。彼が見ていないすきに白衣から取って、ふたつともズボンに押しこんだ。その直後、彼は部下にわたしを捕まえに来いと命じた。奇妙な服に厚い手袋とガスマスクをつけた人たちが来た。ガスマスクはプラスチックの窓が曇り、その向こうの目は隠れていた。宇宙人だ、そう思ったのを覚えている。人間であるはずがない。それなら宇宙人だ。彼らはわたしの両手を後ろに回して手錠をかけ、椅子に縛りつけた。わたしの悲鳴を聞きたいだけの理由で、テーザー銃（電気矢を発射するスタンガンの一種）を何度も何度も使った。それでも、わたしはぜったい悲鳴を上げなかった。弱々しいうめき声はもらしたかもしれないけれど、ひと言だってしゃべらなかった。涙が頬を流れるのを感じたけれど、泣き叫びはしなかった。

それが彼らを怒らせたんだと思う。

到着したとき、わたしは目を開けていたのに、目を覚ませと引っぱたかれた。手錠をかけられたまま縄を解かれ、両ひざを蹴られて立てと命じられた。だから、立とうとした。立とうとしたけれど立てなくて、けっきょく6本の手にドアの外へ突き飛ばされ、わたしの顔はしばらくコンクリートの上で血を流した。なかに引きずられてきたときのことは、本当に思い出せない。

ずっと寒さを感じている。

空っぽになった気分。この壊れた心臓以外なにもない。体という殻のなかに残っている内臓は、心臓だけ。自分のなかで、悲しい声がこだましている。頭のなかで、ドキドキという音がひびいている。わたしには心があると科学者はいうけれど、わたしは怪物だと社会はいう。それは知ってる、もちろん知ってる。わたしは自分のしたことを知っている。同情なんかいらない。

けれど、ときどき思う——ときどき悩んでしまう——もしわたしが怪物だったら——こんな気持ちはおかしい。

怒りと悪意と復讐心を感じているはずだ。目のくらむ怒り、流血への欲望、自分は悪くないと主張する必要を感じているはず。

なのに、いま感じているのは、自分のなかにできた底知れない穴。あまりに深くて暗く、なかは見えない。なにがあるのかは見えない。自分が何者なのか、この身になにが起きるのか、わからない。

自分がまたなにをするか、わからない。

爆音。

ガラスが割れる音。

だれかに後ろに引っぱられた瞬間、わたしは引き金を引き、弾丸はアンダースンの頭の後ろの窓に当たった。

はっとふり返る。

ケンジがわたしを揺さぶっていた。わたしの頭がぐらぐらするほど激しく前後に揺さぶって、叫んでいる。すぐここを出るぞ、銃は捨てろ。息を荒げていう。「歩いて立ち去るんだ。いいな、ジュリエット？　おれのいってることがわかるか？　いますぐ、引き返す。そうすれば、だいじょうぶだ——気持ちもおさまる——心配いらねえ。とにかく——」

「いやだってば、ケンジ——」わたしは引っぱるケンジにさからう。その場で足を踏ん張ろうとする。ケンジはわかっていない。わかってよ。「あいつを殺さなきゃならないの。ちゃんと死んだか確かめなきゃ。少しだけ時間をちょうだい——」

「だめだ。まだ、だめだ。いまはまずい」そういってわたしを見たケンジは、いまにも壊れてしまいそうな顔だった。まるで、わたしの顔に浮かんだなにかを見て、見なければよかったと思っているような顔。「そういうわけにはいかねえんだよ。いま、あの男を殺すのはまずい。時機尚早ってやつだ、いいな？」

よくないし、なにが起きているのかもわからない。けれど、ケンジはわたしの手をつかみ、銃をもぎとった。そのとき初めて、わたしは銃を力いっぱい握りしめていたことに気づいた。わたしはまばたきした。混乱と落胆を感じながら、両手を見る。自分の服を見る。どうしてこんなに血がついてるの？　一瞬、わからなくなる。

アンダースンに目をやった。

白目をむいている。ケンジが彼の脈を調べ、こちらを見た。「気絶しているだけだな」そのとたん、わたしの体が激しく震えだした。立っていられない。

わたしはなにをしてしまったの？

後ずさり、しがみつける壁を探す。なにかつかまるものを探す。すると、ケンジがわたしをつかまえて片腕でしっかり抱き、もういっぽうの手でわたしの頭を支えてくれた。泣きたい気分なのに、泣けない。全身の震えに耐えるだけで精一杯。

「ここを出るぞ」ケンジがわたしの髪をなでる。彼がやさしいところを見せるのは、すごくめずらしい。わたしは目を閉じ、彼の肩に顔を押しつけた。彼の温もりから力をわけてほしい。「そろそろ、だいじょうぶか？　おれといっしょに歩くんだ、いいな？　ついでに走らなきゃならねえ」

「ウォーナーは」わたしはケンジの腕をふりはらい、目を血走らせる。「どこ――」

ウォーナーは気を失っていた。

床に転がっている。両腕を後ろで縛られ、腕を吊っていた三角巾はすぐそばに落ちている。

「ウォーナーは、おれが縛った」

とつぜん、なにもかもがいっぺんにわたしにぶつかってきた。わたしたちがここにいる理由、最初に成し遂げようとしていたこと、自分のしてしまったことと、しようとしていたことの現実。「ケンジ、アダムはどこ？　なにが起きたの？　人質はどこ？　みんな、無事？」

「アダムなら心配ねえ。おれたちは裏口から忍びこんで、イアンとエモリーを見つけた」ケンジはキッチンのほうを見る。「ふたりともかなりひどい状態だったが、アダムがなんとか外へ引っぱりだし、目を覚まさせようとしている」

「ほかの人質は？　ブレンダンは？　そ、それから、ウィンストンは？」

ケンジは首をふる。「わからねえ。だが、そのふたりも奪還できると思う」

「どうやって？」

ケンジはウォーナーをあごで指した。「こいつを人質にとるのさ」

「えっ？」

「おれたちにとっては最善の手だ。もう一度取り引きする。今度は、本当の取り引きだ。しかも、こっちに有利にな。そいつの武器を取り上げろ。その金髪君はなにもできねえ」ケンジは動かないウォーナーのところへ歩いていき、ブーツのつま先でつついてから、ウォーナーをかついだ。ウォーナーの怪我した腕が血でぐっしょり染まっているのが、いやでも目に入る。

「行くぞ」ケンジの声はぶっきらぼうじゃなかった。わたしが本当にだいじょうぶか確かめるように、こちらを見ている。「ここから出よう――外はめちゃくちゃな騒ぎだ。時間がない。そのうち、やつらがこの通りにあらわれる――」

「なに？」わたしはすばやくまばたきする。「どういうこと――」

こちらを見たケンジの顔には、いったいなに考えてんだと書いてあった。「戦争にきまってるだろ、プリンセス。外じゃ、殺し合いの真最中だぞ――」

「でも、アンダースンは合図を出してない。軍隊は彼の合図を待っているといってたのに――」

「ああ。アンダースンが合図を出したんじゃない。キャッスルが出したんだ」

えっ、

そんな。

「ジュリエット！」

アダムが家に飛びこんできた。きょろきょろと必死でわたしの顔を探す。わたしはそっちへ駆けていき、彼の腕に抱きとめられた。なにも考えない。もうこんなことはしない、もういっしょにはいられない、アダムはわたしに触れたりしちゃいけないと決めたことも忘れてしまう。「無事だったのか——だいじょうぶなんだね——」

「おい、行くぞ」とうとう、ケンジが怒鳴った。「感動のひとときなのはわかるが、とっととここから出なきゃならねえ。まったく、ケント——」

　ケンジの声がとぎれた。

　その目が下を向く。

　アダムが床にひざをついていた。顔には、恐れと苦痛と戦慄と怒りと恐怖が刻まれている。わたしは彼を揺さぶり、どうしたのか聞きだそうとする。彼は動けず、その場に凍りついている。目はアンダースンの体に釘付けだ。アダムの両手が髪へのび、ついさっきまで完璧にセットされていた髪をかき乱す。お願い、教えて、なにがあったの？　わたしは必死でたずねる。まるで、彼の目に映る世界が変わってしまったかのようだった。この世界には正しいものなどなにもなくなってしまい、もう良い状態にもどれるものもなくなってしまったかのようだ。やがて、アダムの口が開いた。

　話そうとする。

「父親なんだ。この男はおれの父親だ」

「くそっ」

ケンジは信じられないというように、固く目を閉じた。「くそっ、くそっ、くそっ」肩にかついだウォーナーの位置を直し、アダムを思いやる気持ちと兵士であろうとする気持ちの板挟みになって体を震わせている。「アダム、こんなときに悪いが、すぐにここを出なきゃならねえ――」

アダムは立ち上がり、なにかを堪えるようにまばたきをした。無数の思い、記憶、不安、推測、わたしには想像することしかできない。わたしが名前を呼んでも、彼には聞こえてもいないようだ。混乱して、途方にくれているみたい。それにしても、どうして、この男がアダムの父親なんてことがありえるの？　お父さんは亡くなったといっていたのに。

いまは、そんな話をしている暇はない。

遠くでなにかが爆発した。衝撃で地面が揺れ、この家の窓やドアも震え、アダムはわれに返った。前に飛び出してわたしの腕をつかみ、いっしょに家から飛び出す。

先頭はケンジだ。ぐったりしたウォーナーの体をかついでいるにもかかわらず、なんとか走っている。そして、おれの後ろから離れるな、とわたしたちに叫ぶ。わたしは走りながら、まわりの混乱を把握しようとする。銃声が近い、近い、近すぎる。

「イアンとエモリーはどこ？」わたしはアダムにたずねた。「ふたりをあの家から出したんでしょ？」

「この近くで仲間がふたり戦ってて、どうにか戦車を一台奪ったんだ——そのふたりに、イアンとエモリーをオメガポイントまで運んでもらった」アダムは聞こえるように声を張り上げて教えてくれる。「それが、考えられるもっとも安全な輸送手段だった」

わたしはうなずき、息を切らして街を飛ぶように走る。周囲の音に耳をすまし、どっちが優勢か、仲間がたくさん殺されていないか、判断しようとする。そして角を曲がった。

大量殺戮（さつりく）といっていい。

わたしたちの仲間50人が、アンダースンの兵士500人と戦っている。兵士のほうは銃を乱射して、目につくものを片っ端から撃っている。キャッスルは仲間とともに一歩も引かない構えで、傷つき、血にまみれながらも、精一杯反撃している。オメガポイントの仲間は男も女も武器を持ち、敵の銃撃に反撃している。特殊能力を持つ者はそれを使って戦っている。ある者は地面に両手をつき、兵士たちの足元の地面を凍らせて転ばせている。またある者は、目にも留まらぬ速さで兵士のあいだを駆け抜け、敵を混乱させて、そのすきに倒したり銃を奪ったりしている。上を見ると、ひとりの女が木に隠れ、ナイフか矢のようなものを投げていた。猛烈な勢いでつづけざまに投げるので、兵士たちは反応する暇もなく、上からの攻撃にさらされてしまう。

その中心で、キャッスルが両手を頭上にのばし、ほこりや瓦礫や鉄くずや折れた枝を、指先ひとつで舞い上げて竜巻を作りだしている。ほかの人たちは人間の壁を作ってキャッスルを守る。彼の作る大竜巻はとてつもない規模で、制御にかなり苦労しているのが、わたしにもわかるほどだった。

そのとき、
キャッスルが大竜巻を敵へ放った。

兵士たちは大声を上げ、叫びながら退却し、かがんで逃げこめる場所を探した。けれど、ほとんどは逃げきれず、巨大な破壊の渦に倒れ、ガラスや石や木や金属の破片に刺しつらぬかれた。けれどわたしには、この防戦をいつまでもつづけられないのがわかっている。

だれかがキャッスルに知らせなきゃ。

早く逃げて、ここから離れて。アンダースンが倒れ、わたしたちは人質のうちの2人を取りもどしたし、ウォーナーを捕えてきた。それを知らせなくては。敵が自分たちの状況に気づき、爆弾ひとつでなにもかも破壊しようとする前に、いま戦っている仲間をオメガポイントに退却させなくては。わたしたちは長くは持ちこたえられない。無事に退却するには、いましかない。

わたしはその考えを、アダムとケンジに伝えた。

「けど、どうやって？」ケンジが騒ぎに負けない声で聞き返す。「どうやって、キャッスルのところへ行く？　こんなところを突っ走ったら、死ぬぞ！　敵の目をそらすものが必要だ――」

「えっ、なに？」わたしは声を張り上げる。

「敵の目をそらすもの！　なにかで兵士たちの注意を引きつけて、そのあいだに、おれたちのうちのひとりがキャッスルのところまで行って、退却するよう伝える――時間はあまりない――」

アダムはすでに、わたしをつかもうとしている。止めようとしている。わたしがしようとしていることを察して、やめてくれと懇願している。わたしはだいじょうぶだからと告げた。心配しないで。ほかのみんなを安全なところへ連れていってあげて、わたしはだいじょうぶだから。けれどアダムはこちらに手をのばし、目でうったえかけてくる。わたしはここで彼のそばにいたくてたまらなくなる。でも、彼をふりほどく。やっと、自分のするべきことがわかった。やっと、役に立てる。やっと、少しだけ確信が持てるようになってきた――もしかしたら、今度は自分の力をコントロールできるかもしれない。やってみなきゃ。

わたしはふらつきながら後ずさる。

目を閉じる。

そして力を解き放った。

両ひざをついて片方の手のひらを地面に押しあてる。大きな力が体を駆けめぐり、血のなかで固まる。怒りと情熱と内なる炎がそれに混ざり合う。両親に怪物と呼ばれたときのこと、恐ろしい出来そこないと呼ばれたときのことを考える。泣きながら眠ったすべての夜を思い、わたしの死を望んだすべての人の顔を思い浮かべる。いくつもの光景がスライドショーのように次々と脳裏に浮かんできた。通りで轢(ひ)かれた男、女、子ども、罪のない抵抗運動の人たち。銃や爆弾、炎と破壊、ひどい苦しみ、苦しみ、苦しみ。わたしは覚悟を決めた。拳を握ってふりかぶり、

この地球に残されたわずかな大地を

粉々に

打ち砕く。

わたしはまだここにいる。

目を開けて、一瞬驚き、混乱する。自分は死んでいるか、脳に損傷を受けたか、少なくともずたずたになって地面に倒れているだろうと心のどこかで思っていた。なのに、この現実は消えるのを拒否する。

足元の世界は低い音をとどろかせ、大きく揺れ、騒々しく震えながら命を吹き返そうとしている。わたしの拳はまだ地面にめりこんでいて、引き抜くのが怖い。両ひざをついた姿勢でこの戦いの両軍を見上げると、敵の動きがにぶくなっていた。兵士たちは目をきょろきょろさせている。足が滑ってちゃんと立っていられないのだ。はじけるような音、きしむ音、そしてまぎれもない地割れが舗道の真ん中までのびていて、だれの目にもはっきり見える。その生きた口のような亀裂は体をのばし、歯をきしませ、あくびをしながら目を覚まし、わたしたちの不名誉な行為を目撃する。

大地は周囲を見回し、あきれてあんぐりと口を開けている。権力を手に入れようとする不正と暴力と計算された策略にあきれている。それを止められるものはなにもなく、弱者の血と抵抗する者の悲鳴でしか満足させることはできない。まるで地球が、最近のわたしたちがしていることをのぞいてみようと思いたち、あまりの惨状におののいているかのようだった。

アダムは走っている。

人々は空気を求め、大地が揺れている説明を求めて、まだ口を開けている。そんな群衆のなかを全力で駆け抜け、キャッスルに飛びかかって地面に押さえつける。アダムは周囲の男や女に大声でなにかいい、流れ弾をよけながら、キャッスルを立たせる。

わたしたちの仲間は走りだした。

敵の兵士はたがいの足につまずき、もつれあってわれ先に逃げようとしている。わたしはいつまで、こうしていればいいんだろう？　どれくらいつづければ、じゅうぶんなんだろう？　そのとき、ケンジが叫んだ。「ジュリエット！」

はっとふり返ると、もういいという声がどうにか聞こえた。

わたしはやめた。

風が、木が、落ち葉が、大きなひと呼吸ですべて元の位置にするりと収まり、なにもかもが停止する。ほんの一瞬、ばらばらになっていない世界に生きるのがどういうことか、思い出せなくなる。

ケンジに腕を引っぱられ、わたしたちは走りだした。逃げだすのは、仲間のなかでわたしたちが最後だ。ケンジがだいじょうぶかと聞いてくる。まだウォーナーをかついでいる。すごい体力だ。ケンジは見かけよりはるかに強いに違いない。そういえば、わたしはときどき彼にひどく冷たくしてしまう。彼をあまり信用していなかった。でも、だんだんわかってきた。ケンジは、この地球上でわたしの大好きな人のひとりだ。彼が無事で本当によかった。

彼と友だちになれて、本当によかった。

わたしはケンジの手にしがみつき、彼に引っぱられながら、仲間のいたところに放置されている戦車へ向かう。そのときふと、アダムの姿が見えないことに気づいた。アダムはどこ？　わたしが半狂乱で彼の名前を叫んでいると、彼の腕がわたしの腰に巻きついてきて、耳元で彼の声がした。わたしたちは身を隠せるところへ全力で走る。遠くで最後の銃声が聞こえた。

わたしたちは戦車にもぐりこむ。

ドアを閉める。

そして、消える。

3 尋問

ウォーナーの頭がわたしのひざの上にある。

彼の顔はなめらかで、穏やかで、安らかだ。彼のこんな表情はいままで見たことがない。わたしはつい彼の髪をなでようと手をのばし、それがどんなに気まずいか思い出した。

~~ひざの上の殺人者~~

~~ひざの上の殺人者~~

~~ひざの上の殺人者~~

わたしは右に目をやる。

ウォーナーの両脚はアダムのひざの上にのっていて、アダムもわたしと同じくらい気まずそうだ。

「ふたりとも、まあ、落ち着けって」ケンジはまだ、オメガポイントへ向けて戦車を走らせている。「これがとんでもねえ状況だってのはわかる。だが、もっとマシなアイデアを考えてる時間はなかったんだ」

そういって、わたしたち13人を見る。しばらくだれも口を開かなかった。

「ふたりとも無事で本当によかった」わたしはその15文字の言葉を、ずっと心にしまってあったかのように口にした。言葉が蹴り出され、口から追い出されたみたいに。そうして初めて、自分がひどく心配していたことにはっきり気づいた。わたしたち3人は、生きて帰れないかもしれないと思っていたのだ。「本当に、本当によかった。ふたりとも無事で」

深く、落ち着いた規則正しい息づかいが車内に広がる。

「具合はどうだ？」アダムがたずねる。「君の腕――だいじょうぶか？」

「ええ」わたしは手首を曲げてみる。痛みにたじろがないように気をつける。「だいじょうぶ。この手袋とメリケンサックのおかげだと思う」指を小刻みに動かしてみる。それから手袋を調べた。「どこも破れてない」

「ありゃあ、すごかった」ケンジがいう。「あのときは、ほんと、あんたに救われた」

わたしは首をふる。「ケンジ――あの家でのこと――ごめんなさい、わたし――」

「いや、いまその話をするのはよそうぜ」

「どういうことだ?」アダムが警戒した声でたずねる。「なにがあった?」

「なんでもねえ」

ケンジの即答を無視して、アダムはわたしを見る。「なにがあったんだ? だいじょうぶか?」

「わたしはただ――ただ――ウォーナーのお父さんを――」

ケンジが大声で悪態をついた。

わたしの口は話のとちゅうで凍りつく。

頬が熱い。なんてことをいってしまったんだろう。あの家から逃げる直前、アダムが口にしたことを思い出す。アダムは急に青ざめて、口を引き結んで目をそらし、戦車の小さな窓の外を見る。

「よく聞け……」ケンジが咳ばらいをする。「その話をする必要はねえ、いいな? っていうより、その話はしたくねえ。だいたい、わけわかんねえよ、あの胸くそ悪い野郎が――」

「わからない、なんでそんなことが」アダムがつぶやく。まばたきしながら、まっすぐ前を見つめている。そしてまばたきをくり返して、こういう。「夢でも見ていたんだって、ずっとそう思ってる。今回のことは全部、ただの幻覚だって。けど――」アダムは両手で頭を抱え、苦々しい笑い声を上げる。「――あの顔だけは忘れようがない」

「いままで――総督に会ったことはなかったの？」わたしは思いきってたずねた。「写真を見たことも……？　軍隊にいれば、見る機会があったんじゃないの？」

アダムは首をふる。

ケンジが口を開いた。「あの野郎はいつだって姿を隠していた。姿の見えない権力者でいることに、卑しいスリルを感じてたのさ」

「見知らぬ者への恐怖ってこと？」

「まあ、そんなところだ。聞いた話じゃ、あいつはどこにも自分の写真を載せたがらないらしい。公の場で話をすることもない。民衆に顔が知れれば、自分の立場が弱くなると思ってるのさ。ひとりの人間になっちまうからな。それに、あいつはいつだって他人を震え上がらせることに喜びを感じてた。究極の権力者でいることに、究極の脅威であることに、ぞくぞくしてるのさ。ほら――目に見えない相手とどうやって戦える？　相手を探すこともできねえんだぞ？」

「じゃあ、ここにあらわれたのは、彼にとってはすごいことだったわけね」わたしは納得した。

「ああ、とてつもなくな」

「でも、お父さんは亡くなったと思ってたんでしょ？」わたしはアダムに聞く。「そういわなかった？」

「おいおい」ケンジが割って入る。「おれはまだ、〃その話をする必要はねえ〃と思ってる。ほら、わかんだろ？　いまはちょっと脇へ置いとこう」

「死んだと思っていた」アダムが口を開いた。まだわたしのほうは見ない。「そういわれたんだ」

「いわれたって、だれに？」ケンジが思わず聞き返し、口をつぐんで、しまったという顔をする。「くそっ。いいよ、もういい。おれも聞きてえ」

アダムは肩をすくめる。「これで、なにもかも辻褄（つじつま）が合う。いままでわからなかったことが全部わかった。ジェイムズとあんな悲惨な生活をさせられたわけが。母さんが死んだ後、あいつはめったに姿をあらわさなかった。来るのは、酔ってだれかをなぐりたいときだけ。あいつにはどこかよそに、まったくべつの生活があったんだと思う。だから、おれとジェイムズを、いつも子どもだけで放ったらかしにしていたんだ」

「けど、そりゃ変だろ」ケンジがいった。「いや、おまえの親父がろくでなしだったってことじゃなく、なんていうか、全体的にだ。もしおまえとウォーナーが兄弟だとすると、おまえは十八で、ウォーナーは十九、でもって、アンダースンはウォーナーの母親と結婚していた——」

「おれの両親は結婚していなかったんだ」アダムの顔が険しくなる。

「私生児だったのか?」ケンジはうんざりした顔をした。「いや、おまえを侮辱するわけじゃねえ。ただ、アンダースンみてえな野郎に、情熱的な恋愛関係があったなんて考えたくないだけさ。吐き気がする」

アダムはすっかり凍りついてしまったようだ。「まったく」

「けど、なんでまた愛人なんか作ったんだ?」ケンジはいぶかしむ。「その手のことは、おれにはさっぱり理解できねえ。幸せじゃねえなら、別れりゃいいだろ。相手を裏切るなよ。天才じゃなくたって、それくらいのことはわかる。なんていうか」ケンジは少しためらった。「そいつは恋愛だったのかもしれねえ」ケンジは運転中でフロントガラスの向こうを見ているので、アダムの顔に浮かんだ表情は見えない。「けど、恋愛じゃなかったかもしれねえ。あの野郎が起こした最低な事件のひとつにすぎないのかもしれねえ——」ケンジは話をやめて、顔をしかめた。「くそっ。ほら、こうなるから、他人の個人的な問題を話題にするのはいやなんだ——」

「恋愛だったよ」アダムはもう息もつけないようすだ。「父さんがなぜ母さんと結婚しなかったのかは、わからない。けど、母さんを愛していたのは確かだ。父さんはおれやジェイムズにはなんの関心も見せなかった。母さんだけ。いつも母さんしか眼中になかった。母さんに関わることにしか興味がなかった。月に数回父さんが家に来るときは、おれは自分の部屋から出てはいけないことになっていた。とにかく静かにしていろといわれていた。自分の部屋を出るときは、なかからドアをノックして許可をもらうことになっていた。トイレに行きたいときでもだ。母さんがおれを出すと、父さんはかならず腹を立てた。父さんは必要がないかぎり、おれに会おうとしなかった。母さんはおれにこっそり夕食を食べさせなくてはならなかった。そうしないと、父さんが怒りだすんだ。おれにばかり食事をやって、母さんはちっとも食べていないといって怒るんだ」アダムは首をふった。「ジェイムズが生まれて、父さんはもっとひどくなった」

アダムはよく見えないかのように、まばたきする。

「それから母さんが死んだとき」深呼吸して、アダムはつづけた。「母さんが死んだとき、父さんはおれのせいだと責めた。母さんが病気になったのはおれのせい、死んだのもおれのせいだといいつづけた。おれが食べすぎるから、母さんは満足に食べられなかったんだ。母さんが弱ってしまったのは、おれたちの世話で大変だったからだ。おれたちに食事をあたえ……なにもかもを、おれたちふたりにあたえたから。おれとジェイムズに」眉間にしわを寄せる。「そういう父さんの言葉を、おれは長いあいだ信じていた。だから、父さんはいつも、おれとジェイムズを放ったらかしにするんだと思っていた。これは罰なんだって。おれは罰を受けて当然だって」

わたしはあまりのことに口もきけない。

「その後、父さんは……おれが大きくなるまで、そばにいてくれたことはなかった。父さんはずっと最悪だったけど、母さんが死んでからは……頭がどうかしてしまった。たまにあらわれるのは、酔って暴れたいときだけ。おれを前に立たせて、空になった酒瓶をぶつけるんだ。おれが身をすくめたりしようものなら——しようものなら——」

アダムはぐっと感情をのみこんだ。

「父さんがしたのは、それだけだ」アダムの声は小さくなっていた。「たまに家に来て、酔っぱらって、おれをなぐる。父さんが家に来なくなったのは、おれが十四のときだった」アダムは両の手のひらを見つめた。「おれとジェイムズが生きていくのに必要な金は、毎月送ってきた。それから——二年後、新政府から父さんが死んだという通知が来た。おおかた、また酔ってバカなことでもしたんだろうと思った。車にはねられたか、海に落ちたか、そんなところだろう。どうでもよかった。死んでくれてうれしかったが、おれは学校をやめなくてはならなくなった。そして軍隊に入った。もう金はこないし、ジェイムズの面倒をみなきゃならない。軍隊以外に仕事なんかないのはわかっていた」

アダムは首をふる。「父さんはおれたちになにも残さなかった。コイン一枚、食い物ひとつ残さなかった。で、おれはいま、この戦車に乗って、自分の父親が片棒をかついだ世界規模の戦争から逃げてるってわけだ」そういって、苦々しげに虚ろな笑い声を上げた。「そして、この世界にいるもうひとりの無価値な人間が、意識を失っておれのひざの上に寝てる」今度は本当に笑う。激しく笑う。信じられない状況に、片手で髪を根元から引っぱり、頭をつかんでいる。「しかも、こいつはおれの兄だ。血と肉を分けた兄弟だ。

父さんには、おれの知らないまったく別の生活があった。死んでいればよかったのに、じつは生きていて、おれに兄をよこした。その兄に、おれは食肉処理場で拷問を受けて殺されかけた――」アダムは震える手で顔をさすった。急に取り乱し、急に声が上ずって、急に自分を抑えられなくなる。震える両手をなんとか握りしめ、額に押しあてる。「あいつは死ぬべきだ」
　わたしは息ができなくなる。ほんの少しも。まったく。そのとき、アダムがいった。
「あいつを殺してやる」

　秘密を打ち明けるわね。

　わたしは自分のしたことを後悔していない。少しも悪いと思っていない。
　それどころか、またそんな機会があったら、今度はきっとうまくやる。アンダーソンの心臓を撃ち抜いてやる。

　それも、喜んで。

　どこから話せばいいのかもわからない。
　わたしにとってアダムの苦痛は、顔にひとつかみのビー玉をぶつけられたようで、喉にひと束のわらを押しこまれたようだった。彼にはひどい父親しかいない。父親は彼に暴力をふるい、虐待し、捨てたあげく、世界を破壊し、彼とはなにもかも正反対の兄を残していった。

ウォーナーのファーストネームは、もう謎じゃない。アダムのラストネームも、本当はケントじゃない。

ケントはミドルネームだ、とアダムは教えてくれた。父親といっさい関わりを持ちたくなくて、本当のラストネームはだれにもいったことがないという。少なくともそこは、兄と共通している。

それに、ふたりとも、わたしとの接触に免疫がある。

アダム・ケント・アンダースンとエアロン・アンダースン。

ふたりは兄弟。

わたしは自分の部屋ですわっている。暗がりにすわり、アダムと彼が兄弟だという事実を受け入れようと格闘している。アダムの兄だとわかったウォーナーは、実際はただの少年のようだった。父親を憎む子ども。父親を憎むあまり、いくつもの不幸な決断をしてきた。2人は兄弟。2人はそれぞれ、まるで違う選択をしてきた。

2つのまったく違う人生を生きてきた。

今朝、キャッスルがわたしのところに来た。負傷者は全員、医療棟に収容され、混乱はもう収まっている。キャッスルはこういった。「ミズ・フェラーズ、昨日の君はじつに勇敢だった。ありがとう。君のしてくれたことにも——君の協力にも、心から感謝する。君がいなかったら、われわれはどうなっていたことか」

わたしはほほえんだ。その褒め言葉をなんとか受け入れ、もう話は終わりかなと思ったとき、キャッスルが口を開いた。「じつは、昨日の行動に感銘を受け、君にオメガポイントで最初の正式な任務についてもらいたいと思っているのだが」

わたしの最初の正式な任務。

「興味はあるかい？」

はい、はい、はい、もちろん。わたしは答えた。すごく興味があった。やっとなにかすることをもらえるなら——成し遂げるべきことをあたえられるなら——大歓迎だ。キャッスルはほほえんだ。「それを聞いてじつにうれしい。この特殊任務にふさわしい人物は、君のほかには考えられないんだ」

わたしは満面の笑みになる。

太陽と月と星がこういっている。「お願い、その笑顔を下に向けて。まぶしすぎて、わたしたちの姿が見えなくなっちゃう」わたしは耳を貸さず、ほほえみつづけた。そしてキャッスルに、わたしの正式な任務の詳細をたずねた、わたしにふさわしい任務の。

するとキャッスルはこういった。

「新しい客の世話と尋問を担当してもらいたい」

わたしの笑顔が消える。

キャッスルを見つめる。

「全体的な進行については、もちろん、わたしが監督する」キャッスルはつづけた。「だから、質問や気がかりなことがあれば、遠慮なく相談してくれていい。しかし、われわれは彼を捕えていることを最大限に利用する必要がある。そのためには、彼に口を割らせなければならない」そこで一瞬、口をつぐんだ。「彼は……君に奇妙な愛着のようなものを感じているようだ、ミズ・フェラーズ。それで――すまないが――これを利用する価値があると思う。可能性があるのなら、手段は選ばない。われわれにそんな余裕はない。彼の父親の計画や、われわれの仲間が囚われていそうな場所など、彼から聞き出せることはどんなことでも非常に貴重だ。しかも、われわれには時間がない。悪いが、ただちに取りかかってもらいたい」

わたしは大地に「開いて」とたのんだ。お願い、開いて、とたのんだ。溶岩の川に落ちて死にたかったから。ほんの少しだけ。けれど、大地はわたしの願いを聞いてはくれなかった。だから、キャッスルはまだ話している。「彼に道理を説いてやれないだろうか？　われわれは彼を傷つけたいわけではない。残りの人質の奪還に協力するよう説得できないだろうか？」

わたしは思わず「あっ」と声を上げる。確かにいった。「彼は留置場みたいなところにいるの？　牢屋みたいなところに閉じこめられているの？」

ところが、キャッスルは吹きだした。わたしが急に、思いがけず愉快なことをいったかのようにおもしろがった。「バカなことをいうな、ミズ・フェラーズ。ここには、そのようなものは一切ない。オメガポイントで捕虜を閉じこめておくことになるなど、考えたこともなかった。しかし、答えはイエスだ。彼は自分の部屋にいる。そのドアは施錠してある」

「じゃあ、わたしに彼の部屋に入れっていうの？　彼とふたりきりになれって？」

落ち着いて！　もちろん、落ち着いてる。ううん、ぜんぜん落ち着いていない。

けれどそのとき、キャッスルが心配そうに眉を寄せた。「なにか問題でも？　君にはだれもさわれない。だから――君なら、ほかの者たちと違って、彼を恐れることはないと思ったのだが。彼は君の能力を知っているはずだ。君に近づきはしないだろう」

すごく、おかしい。だって、ほら、バケツ一杯の氷が頭の上からぶちまけられて、水がぽたぽたとたれて骨にまでしみてくる。すごく滑稽だ。だけど、ぜんぜんおかしくない。わたしは事実を隠してこういわなきゃならなかったから。「ええ。うん。もちろん、そう。うっかり忘れてた。もちろん、彼はわたしにさわれないい」あなたのいうとおりよ、ミスター・キャッスル。わたしったら、なにを考えていたんだろう？

キャッスルは心底ほっとしたようだった。まるで、凍っていると思っていたプールに飛びこんだら、温かかったというみたい。

そうしていま、わたしはここにいる。2時間前からずっと同じ場所にすわり、だんだん不安にかられている。

わたしはいつまで

この秘密を口にしないでいられるだろう？

これがそのドアだ。

わたしの目の前にある、このドア。この向こうに、ウォーナーがいる。窓はなく、部屋のなかをのぞくことはできない。この状況は〝すばらしい〟のまさに反対語じゃないかと、わたしは思い始める。

そのとおりだ。

彼の部屋に入っていく。なんの武器も持たずに。銃は地下深くの武器庫にしかないし、わたし自身が武器みたいなものだから、銃なんて必要ない。まともな精神状態の人なら、まずわたしに触れようとはしない。ただし、もちろんウォーナーはべつだ。わたしが窓から逃げ出すのを止めようと無茶をして、彼は気づいてしまった。わたしに触れても傷つくことはないと知ってしまったのだ。

そのことを、わたしはだれにも一切話していない。

ひょっとしたら思い違いかもしれないと、本気で思っていた。ウォーナーにキスされて、愛しているといわれるまでは。あのとき、わたしはもう思い違いだったふりはできないと気づいた。でも、あの日からたった4週間しかたっていない。この話をどう持ち出していいかわからない。もしかしたら、話さなくてもいいかもしれない。ぜったいに話したくない。

そしていま、だれかに相談しようかと考えている。アダムはどうだろう？　彼がこの世でもっとも憎んでいる人物――父親の次に憎んでいる人――がわたしに触れることのできる、もうひとりの人物だと打ち明ける？　ウォーナーはすでにわたしに触れたことがあるって？　彼の手はわたしの体のラインを知っていて、彼の唇はわたしの唇の味を知っているけれど、気にしないで、本当はわたし、そんなことしたくなかったんだからって？　そんなこと、いえるわけがない。

いまはいえない。あんなにいろんなことがあった直後だもの。

こんな状況になったのは、全部わたしのせいだ。だから、自分でどうにかしなきゃ。


わたしは覚悟を決めて、足を踏みだす。

ウォーナーの部屋の前では、見たことのない2人の男が警備していた。安心したわけじゃないけれど、少しだけ気分が落ち着いた。ふたりに会釈すると、すごく熱のこもった挨拶が返ってきて、わたしはとまどってしまう。だれかほかの人と勘違いしてない？

「来てくれたんだ。とてもうれしい」ふたりのうちのひとりがいった。長い金色の髪はぼさぼさで、目にかかっている。「あいつ、目が覚めてからずっと、おかしいんだ――片っ端から物を投げるわ、壁を壊そうとするわ――おまけに、皆殺しにしてやると脅してくる。話をしたい相手は君だけだっていうから、君がこっちに向かってるといってやったら、やっと落ち着いてくれた」

「この部屋の家具は、全部運び出さなきゃならなかった」もうひとりがつけたした。信じられないというように、茶色い目を見開いている。「あいつがなんでもかんでも壊しちまうんだ。用意した食事も食おうとしない」

〝すばらしい〟の反対語。

〝すばらしい〟の反対語。

〝すばらしい〟の反対語。

わたしはどうにか弱々しいほほえみを浮かべ、ウォーナーをなだめてみると告げる。うなずいたふたりは、わたしならできると信じこみ――できっこないとわたしにはわかっているのに――ドアの鍵を開けた。「帰るときはノックして呼んでくれ。すぐ開ける」

ええ、わかった、そうするわ。わたしはうなずき、ウォーナーの父親に会ったときより緊張していることは無視しようとする。部屋のなかでウォーナーとふたりきりになる――彼がなにをするのか、なにができるのかもわからない状態で、ふたりきり。しかも、わたしはこんなにとまどっている。いまはもう、彼がどういう人なのかすらわからない。

彼のなかには１００人の人間がいる。

彼は、わたしによちよち歩きの幼児を苦しめるのを強要した人。彼はひどくおびえた子ども。精神的な虐待を受け、自分の父親を眠っているすきに殺そうとした子ども。

彼は裏切った兵士の額を撃ち抜いた青年。信頼できると思っていた父親から、冷酷で非情な人間になるようしつけられた青年。父親に認められたくて必死な子ども。ひとつのセクターを丸ごと任された司令官。わたしを手に入れ、わたしを利用したくて躍起になっている彼。野良犬に餌をやっている彼も見た。アダムをもう少しで死ぬところまで拷問した彼も。そして、愛しているとささやく彼の声を聞いた。思いがけず情熱的でせっぱつまった彼のキスを感じた。わたしはいったいなにに足を踏み入れようとしているのか、わからない、わからない、わからない。

今回はどの彼がいるのか、わからない。今日はどんな一面を見せるのか、わからない。

そのとき、ふと思った。今回の彼はいままでと違うはず。いま彼がいるのは、こちらの陣地だ。なにかあったら、わたしはいつでも助けを呼べる。

彼がわたしを傷つけることはない。

そう思いたい。

部屋に足を踏み入れた。

後ろでドアがガシャンと閉まる。ところが、なかにいたウォーナーは、わたしの知っている彼とはぜんぜん違う。床にすわって壁にもたれ、両脚を前にのばし、足首を交差させている。身に着けているのは、靴下と簡素な白いTシャツと黒いズボンだけ。コート、靴、高級なシャツは、すべて床に散らばっている。健康的でたくましい体はアンダーシャツ一枚では隠しきれず、金髪はぼさぼさ、こんなだらしない状態は、たぶん彼の人生で初めてのことだろう。

ウォーナーはこちらを見ていない。わたしが一歩近づいても、顔も上げない。身じろぎもしない。

わたしはまた息の仕方を忘れてしまう。

そのとき、

「わかるか？」彼のひどく小さい声がした。「わたしが何回、これを読んだか？」彼は片手を上げ、顔は上げず、２本の指で色あせた小さな四角いものをつまんで見せた。

信じられないほどの痛みに襲われる。こんなにたくさんの拳でいっせいにお腹をなぐられることとなんて、あるんだろうか？

わたしのメモ帳。

ウォーナーがわたしのメモ帳を持っている。

当然だ。

こんなことを忘れていた自分が信じられない。最後にあのメモ帳に触れたのは、最後にあのメモ帳を見たのは、ウォーナーだ。基地にいるとき、わたしがワンピースのポケットにメモ帳を隠しているのに気づいたウォーナーは、メモ帳を取り上げた。わたしが基地から逃げる前だ。アダムといっしょに窓から脱出して逃げる前。ウォーナーがわたしにさわれることに気づく直前だ。

そしていま、わたしがいちばんつらかったころに考えていたことを、苦悩に満ちた告白を、彼に読まれてしまったことを知った。わたしが完全に隔離され、ひとりぼっちだったころに書いたものを読まれてしまった。あの独房で死ぬと思っていて、だれにも読まれることはないと信じて書いたものを。わたしの切実な心の声を、ウォーナーに読まれてしまった。

すっかり裸にされてしまった気分。

呆然と立ちつくす。

ひどく無防備な感じ。

ウォーナーはメモ帳をぱらぱらとめくり、あるページで手を止めた。ようやく顔を上げる。いままでよりずっと鋭く、まぶしく、美しいグリーンの瞳に、わたしの心臓が暴走し、あまりの速さにもう鼓動すら感じなくなる。

ウォーナーが読み始めた。

「やめて――」止めようとしたけれど、もう遅い。

「毎日ここにすわっている。ここにすわって175日になる。立ってストレッチをして、こわばった体やきしむ関節を感じる日もある。わたしのなかに閉じこめられた、踏みにじられた心を確かめる。肩を回し、まばたきし、壁を這い上がる秒をかぞえ、わたしのなかで震える分をかぞえ、つい止めてしまいそうになる呼吸をかぞえる。ときどき、口を開けることを自分に許す。ほんの少しだけ。舌で歯の裏に触れ、唇の合わせ目に触れる。そして、この小さな空間を歩き回り、指でコンクリートのひびをなでながら考える。声に出して話し、それをだれかに聞いてもらえるって、どんな感じだろう？　息をつめ、なにか聞こえないか、生き物の気配がないか、耳をすます。もし、となりにだれかの息づかいが聞こえたらどんなにすばらしいかと思い、それがありえないことに驚嘆する」

ウォーナーは握った手の甲を口に押しあて、少ししてからつづけた。

「わたしは立ち止まる。じっとたたずむ。目を閉じ、この壁の向こうにある世界を思い出そうとする。これが夢じゃないって、どうしてわかる？　この孤立した生活が、自分の頭のなかのことじゃないって、どうしてわかるの？」

「わたしは悩む」今度はメモ帳から目を上げ、ウォーナーは壁に頭をあずけ、目を固く閉じて小声で暗唱する。「すごく悩む。ずっとこのことばかり考えている。自殺するって、どんな感じだろう。なぜ悩むかって、ぜんぜんわからないから。ちっともわからない。自分が本当に生きているのかどうか、まるで確信が持てない。だから、ここにすわっている。来る日も来る日も、すわっている」

わたしはその場に立ちつくし、凍りつく。われに返って、これが現実に起きていると気づくのが怖くて、前へ行くことも後ろへもどることもできない。恥ずかしさで死にそうになる。勝手に心のなかをのぞかれて、死んでしまいそう。ここから逃げたい、逃げたい、逃げたい、逃げたい、逃げたい。

「逃げなさい、自分にいい聞かせる」ウォーナーはまたメモ帳を手に取っていた。

「お願い」わたしは彼にたのみこむ。「お願いだから、や、やめて――」

ウォーナーは顔を上げ、わたしを見る。本当にわたしが見えるみたいに、わたしの心のなかが見えるみたいに、わたしに彼の心のなかを見てほしいかのように。そして目を落とすと、咳ばらいして、またわたしの日記を読み始めた。

「逃げて、自分にいい聞かせる。走って。肺がつぶれるまで、風がぼろぼろの服をはためかせるまで、自分の姿が背景に溶けこんでぼやけてしまうまで、走って。

走って、ジュリエット、もっと速く。骨が折れ、向こう脛が裂け、肉が委縮し、心臓が止まるまで。その胸には大きすぎた心臓が、あまりに長くあまりに速く鼓動して止まってしまうまで。走って。

走れ、走れ、走れ、追っ手の足音が聞こえなくなるまで。走れ、追っ手があきらめ、彼らの怒鳴り声があたりに消えるまで。走れ、目を開け、口を閉じ、目にこみ上げてくる涙の川を堰き止めて。走れ、ジュリエット。

死ぬまで、走れ。

追っ手に捕まる前に、確実に心臓を止めるのよ。彼らに触れられる前にかならず。

走れ、わたしはいった」

わたしは両手を痛いくらい握りしめ、とにかくそのころの記憶を頭から追い出そうとする。思い出したくない。そんなこと、もう考えたくない。あのメモ帳にほかにどんなことを書いたか、ウォーナーがほかにわたしのなにを知ってしまったか、彼がわたしをどう思っているかなんて、考えたくない。自分が彼に、どれだけ哀れで孤独で打ちひしがれているように見えるかは、想像することしかできない。~~どうしてそんなことを気にするのか、自分でもわからない。~~

「知っているか？」ウォーナーはメモ帳を閉じ、その上に片手を載せた。まるで守るように。メモ帳をじっと見つめている。「ここに書かれたものを読んだ後、何日も眠れなかった。おまえを追い回していたのがどこの連中か、おまえがだれから逃げていたのか、ずっと知りたいと思っていた。そいつらを見つけだしたかった」ウォーナーの口調はとても優しい。「そして、腕や脚を一本一本もぎとってやりたかった。おまえなら聞くだけで震え上がる方法で、殺してやりたかった」

　わたしは震えながら、小声でたのんでいる。「お願い、お願いだから、それを返して」

　ウォーナーは指先を唇にあて、首をほんの少し後ろにそらす。奇妙に悲しげな笑みを浮かべる。「わたしがどんなに後悔しているか、わかってもらいたい。わたしが――」ぐっと感情をのみこむ。「あんなふうに、おまえにキスをしてしまったことを。正直いって、それでおまえに撃たれるとは思いもしなかった」

　そのとき、わたしはあることに気づいた。「その腕」驚きで息をのむ。彼はもう腕を吊っていない。動いても痛くないようだ。あざも、腫れも、傷跡もない。

　ウォーナーの笑みが消えそうになる。「ああ、この部屋で目覚めたときには治っていた」

　ソーニャとセアラだ。あの子たちが治したんだ。ここの人たちは、どうしてみんな、彼にこんなにも親切にするんだろう？　わたしはなんとか一歩下がった。「お願い、わたしのメモ帳を——」

「断っておくが、おまえが望まないと知っていたら、ぜったいにキスなどしなかった」

　衝撃と驚きで、一瞬、メモ帳のことが頭から吹き飛んでしまう。彼の悲しげな目と目を合わせ、なんとか声の震えを抑える。「あなたなんか大きらいっていったでしょ」

「ああ」ウォーナーはうなずく。「そうだったな。同じことをいう人間がどれだけ多いか知ったら、おまえも驚くだろうよ」

「べつに驚かないけど」

　ウォーナーの唇が、いまにも笑いそうにひくついている。「おまえはわたしを殺そうとした」

「それがおもしろいの？」

「ああ、そのとおりだ」彼の顔に笑みが広がる。「心を奪われた……なぜか知りたいか？」

　わたしは彼をにらむ。

「おまえはそれまでずっと、だれも傷つけたくないといっていたからだ。人を、殺、し、たくないと」

「ええ」

「わたしは例外か?」

わたしは文字を失くしてしまう。言葉のストックを切らしてしまう。わたしの語彙はすっかり、だれかに盗まれてしまった。

「あの決断をするのは、じつにたやすかっただろう。じつにかんたんだ。銃があった。おまえは逃げたかった。だから、引き金を引いた。それだけのことだ」

彼のいうとおりだ。

人を殺したくなんかない。ずっとそう思ってはいるけれど、殺したいときには、それを正当化してしまう。都合のいい理由を見つけてしまう。

ウォーナー。キャッスル。アンダースン。

三人とも殺したいと思った。もう少しで殺すところだった。

わたしはどうなってしまったの?

ここに来たのは、大間違いだった。こんな任務を引き受けるんじゃなかった。やっぱり、ウォーナーとふたりきりになってはいけない。こんな状況を作っちゃいけない。彼とふたりきりでいると、いろんな意味で心が痛くなる。どんな意味かはわかりたくない。

　出ていかなきゃ。

「行くな」ウォーナーが小声でいう。目はまたわたしのメモ帳を見ている。「たのむ。わたしといっしょにすわってくれ。ここにいてくれ。おまえを見ていたいだけだ。なにもいわなくてもいい」

　わたしの心のなかの混乱したおかしい部分が、本当に彼のとなりにすわりたがっている。彼が話そうとしていることを聞きたがっている。けれど、アダムのことを思い出す。アダムが知ったら、どう思う？　ここに彼がいたら、なんていう？　ウォーナーはアダムの脚を撃ち、肋骨を折り、もう使われていない食肉処理工場で彼をベルトコンベアに吊るし、失血死するまで放置しようとした。その彼とわたしがしばらくいっしょにすごしたがっているとわかったら、アダムはなんていう？

　わたしはどうかしてる。

　でも、動かない。

　ウォーナーは壁にもたれて、ひと息ついている。「読んで聞かせてやろうか？」

　わたしは首を何度も横にふる。「なぜ、こんなことをするの？」

　彼は返事をしようとして思い直したのか、目をそらした。天井に目を向け、かすかにほほえむ。「わたしにはわかった。初めておまえに会ったあの日に。おまえはどこか違う。おまえの目には、ひどく感受性の強い部分があらわれていた。ひりひりするようななにかがあった。自分の気持ちをまわりの人間に隠す方法を、まだ知らないように見えた」ウォーナーはうなずいている。なんのことで、うんうんとうなずいているのか、わたしには想像もつかない。「この発見は」彼はやさしい声でいい、わたしのメモ帳の表紙をぽんとたたく。「なんというか」混乱しているような、困惑しているような感じで、眉根を寄せる。「なんというか、とてつもない苦痛だった」やっとわたしを見たウォーナーは、まるで別人に見えた。難解な方程式を解こうとしているような顔だ。「生まれて初めて、友人に出会った気がした」

~~わたしの手はどうして震えているの？~~

彼は大きく息を吸いこんだ。下を向いて、つぶやく。「疲れたよ、ジュリエット。もう、くたくただ」

~~なぜ、わたしの心臓は暴走をやめようとしないの？~~

「時間はどのくらいある？」少しして、彼がたずねた。「殺されるまで、わたしにはどのくらい時間が残されている？」

「殺される？」

彼はわたしを見据えている。

わたしはびっくりして答える。「殺されたりしないわ。ここの人たちは、あなたを傷つけようなんて思ってない。ただ、あなたを利用して、仲間を取りもどしたいだけ。あなたは人質なのよ」

ウォーナーは目を見開き、肩をこわばらせた。「なんだって？」

「あなたを殺す理由はない。わたしたちはただ、あなたの命と引き換えに――」

ウォーナーは声を上げて笑う。全身を震わせて笑う。それから首をふり、わたしにほほえみかけた。前に一度だけ見たことがあるタイプの笑顔だ。これまで食べようとしたもののなかで、いちばん美味しそうなものを見る目つき。

「まったく、じつにかわいいやつだ。おまえの仲間は、父のわたしに対する愛情を買いかぶりすぎている。あいにくだが、わたしをここに捕えておいても、おまえたちが期待しているような効果はない。だいたい、父がわたしの不在に気づいているかどうかも怪しいものだ。だから、わたしを殺すなり解放するなりしたほうがいい。だが、ここに監禁して、わたしの時間をむだにすることだけは、やめてもらいたい」

予備の言葉か文がないか、わたしはポケットを探ってみる。ひとつも見つからない。副詞も、前置詞も、懸垂分詞すら見つからない。こんな突飛な要求に返す言葉なんて、あるわけない。

ウォーナーはまだにこにこしながら、こちらを見ている。おかしそうに、なにもいわずに肩を震わせている。

「でも、そんなことといわれたって。人質にされて喜ぶ人はいないけど――」

わたしがいうと、彼は短く息を吸いこみ、髪をかき上げて肩をすくめた。「おまえの仲間は時間をむだにしている。わたしを拉致したところで、おまえたちのためになることなどない。それだけは保証できる」


ランチの時間。

わたしはケンジとならんで席につき、向かいにはアダムとジェイムズがすわっている。

こうしてもう三十分、わたしがウォーナーと話した内容について考えている。メモ帳のことは省いたけれど、やっぱり話すべきだろうか？　ウォーナーがわたしにさわれることも、ちゃんといっておくべきだろうか。けれど、アダムを見ると、どうしてもいえなくなってしまう。だいたい、ウォーナーがわたしにさわれる理由もわからない。たぶん、アダムと同じで、ただの偶然だろう。たぶん、宇宙がわたしをネタにして作った冗談みたいなもの。

もう、どうしていいかわからない。

けれど、ウォーナーとの会話の詳細はあまりに個人的で、恥ずかしくてみんなには話せない。だれにも知られたくない。たとえば、ウォーナーがわたしを好きだといったこと。彼がわたしのメモ帳を持っていること、彼がそこに書かれた日記を読んだことは、だれにも知られたくない。ほかにメモ帳の存在を知っているのは、アダムだけ。彼は少なくとも、わたしのプライバシーを尊重してくれるだけの優しさがあった。わたしのメモ帳を施設から持ち出してくれたのは、アダムだ。それをわたしに返してくれたのも。けれど、彼はわたしの書いたものは読んでいないといった。きっと人には見られたくない思いが書かれているだろうから、盗み読みするようなことはしたくなかったといっていた。

なのに、ウォーナーは、わたしの思いが書かれたメモ帳をくまなく読んだ。

いまでは、ウォーナーのそばにいると、ひどく不安になる。彼のそばにいることを考えるだけで、不安と緊張を感じて、自分がとても弱くなってしまった気がする。わたしの秘密を、わたしの秘密の思いを、彼に知られてしまったのがくやしい。

わたしの秘密を知る人がウォーナーであっていいはずがない。

それは彼でなきゃ。いま、わたしの向かいにすわっている人でなきゃ。濃いブルーの瞳と茶色い髪、そしてわたしの心と体に触れた手を持つ人。

彼はいま、具合が悪そうに見える。

アダムはうつむき、眉根を寄せ、両手をテーブルの上でしっかり組み合わせている。食事には手をつけず、わたしがウォーナーと会ってきたことを手短に説明してから、ひと言も話していない。ケンジも同じくらい静かだ。このあいだの戦闘以来、みんな少し暗い雰囲気になっている。オメガポイントからも、何人か犠牲者が出たのだ。

わたしは深呼吸して、もう一度たずねてみる。

「それで、どう思う？　ウォーナーがアンダースンについていったこと？」わたしはもう〝お父さん〟とか〝父親〟という言葉を使わないように気をつける。とくにジェイムズの前では。アダムがこのことを弟のジェイムズに話しているのか、もし話しているとしたらどういっているのか、わたしは知らない。わたしが首を突っこむことじゃない。しかももっと悪いことに、アダムはもどってきてからひと言もその話をしない。もう2日たつのに。「ウォーナーを人質にしてもアンダースンは相手にしないって、本当だと思う？」

ジェイムズはすわったまま、もぞもぞしている。食べ物を咀嚼（そしゃく）しながら、真剣な目でわたしたちを見ている。まるで、わたしたちのいうことをすべて記憶しようとしているみたい。

アダムが額をさすり、ようやく口を開いた。「なんらかのメリットはあるかもしれない」

ケンジは顔をしかめ、腕組みをして身を乗り出す。「だけど、なんか妙だ。向こうから、なんの連絡も来ねえ。もう四十八時間過ぎてるってのに」

「キャッスルはどう思ってるの？」

わたしが聞くと、ケンジは肩をすくめた。「ストレスでまいってる。イアンとエモリーは、おれたちが発見したときには相当ひでえ状態だった。ソーニャとセアラが昼も夜も休みなく治療にあたっているが、まだ意識はもどってないらしい。キャッスルは、ウィンストンとブレンダンを取りもどせないんじゃねえかと、心配してるんだろう」

「もしかしたら」アダムがいう。「やつらが沈黙しているのは、アンダースンが両脚を撃たれたことと関係があるんじゃないか？　たぶん、やつはいま療養中なんだよ」

わたしは飲もうとしていた水でむせそうになる。ふとケンジに目をやり、彼がアダムのいったことを訂正するか見ていたけれど、彼は身じろぎもしない。わたしはだまっていることにした。

ケンジがうなずいた。「ああ。そうだな。そいつを忘れるところだった」沈黙。「それならわかる」

「え、両脚、撃ったの？」ジェイムズがケンジを見て、目を丸くする。

ケンジは咳ばらいをしたものの、わたしのほうを見ないように気をつけている。どうして、わたしをかばおうとするんだろう？　なぜ、実際に起きたことを正直にいわないほうがいいと思うんだろう？　「まあな」そういって、ケンジは食べ物をほおばった。

アダムは息を吐いた。シャツの両袖をまくり上げ、前腕に刻まれた黒い輪のタトゥーを見つめている。過去の軍隊生活の名残だ。

「だけど、なんで？」ジェイムズがケンジにたずねる。

「なにがだ、ぼうず？」

「なんで、殺さなかったの？　なんで、両脚を撃つだけにしたの？　その人はいちばん悪いやつなんでしょ？　いま、ぼくたちが抱えてるすべての問題を引き起こした張本人なんでしょ？」

ケンジは少しのあいだ、だまりこんだ。スプーンを握って、食べ物をつついている。

それからやっと、スプーンを置いた。ジェイムズにテーブルのこっち側に来いと手招きする。わたしは横にずれて、場所を空ける。「来い」ケンジはジェイムズを呼び、自分の右側にぴったりくっついてすわらせる。ジェイムズがケンジの腰に抱きつくと、ケンジは片手でジェイムズの髪の毛を乱暴になでた。

こんなに仲がいいなんて、知らなかった。

3人が同じ部屋で生活していることを、わたしはつい忘れてしまう。

「よし、教えてやろう。授業を受ける準備はいいか？」

ケンジの言葉に、ジェイムズはうなずく。

「まあ、こういうこった。キャッスルがいつもいってるだろ？　ただ敵を倒せばいいってもんじゃないって」そこでためらい、考えをまとめる。「ほら、もしおれたちが敵のリーダーを殺したら、どうなる？　なにが起こると思う？」

「世界が平和になる」とジェイムズ。

「違う。世界じゅうが大混乱になるんだ」ケンジは首をふり、鼻の頭をこすった。

「大混乱は再建党よりもっとたちが悪い」

「じゃあ、どうすれば勝てるの？」

「そうだな」とケンジ。「それが問題だ。こっちが世の中を治める準備ができて初めて、敵のリーダーを連行する。ただし、そいつの後を引きつぐ新しいリーダーがいるときに限る。人々には拠り所になる人物が必要なんだ、わかるか？　おれたちはまだ、そこまでの準備はできてねえ」ケンジは肩をすくめる。「これはウォーナーとの戦いのはずだった――やつを連行しても問題はねえ。だが、アンダースンを連行すれば、国じゅうが混乱状態になっちまう。混乱状態になりゃ、おれたちが世の中を治める前にほかのやつが――もっと悪いやつが――世の中を支配しちまうかもしれねえ」

ジェイムズがなにかいっているけれど、わたしには聞こえない。

アダムがこちらを見つめている。

じっとわたしを見つめている。見つめていないふりもしない。目をそらそうとしない。なにもいわない。彼の視線がわたしの目から口へ移り、唇に少し長すぎるくらい留まる。やっと目をそらしてくれたと思ったら、ほんの一瞬で、またわたしの目を見つめる。もっと深く。貪欲に。

わたしは胸が痛くなってくる。

彼の喉がごくんと動くのを見つめる。彼の胸が呼吸で大きく動いている。彼は口を引き結び、身じろぎもせずにすわっている。なにもいわない。まったく、なにも。

~~彼に触れたくて触れたくてたまらない。~~

「生意気なぼうずめ」ケンジはくっくっと笑って、ジェイムズのいったことに首をふっている。「おれがいいたいのは、そういうことじゃねえ。それくらい、わかってるだろ。とにかく」ため息。「おれたちはまだ、そういう大混乱に対処する準備はできちゃいねえ。準備さえできれば、アンダースンを連行する。うまくやるには、それしかねえんだ」

いきなり、アダムが立ち上がった。手をつけていない食事を押しやり、咳ばらいをしてケンジを見る。「あいつが目の前にいたのに殺さなかった理由は、それか」

ケンジはバツが悪そうに、頭の後ろをかく。「聞いてくれよ、もしほかにいい考えがあったら――」

「忘れてくれ」アダムはさえぎった。「おまえには借りができた」

「どういう意味だ？　おい、アダム――どこ行くんだよ――」

けれど、アダムはすでに歩きだしていた。

わたしはアダムを追った。

彼の後から人気（ひとけ）のない通路を進む。彼が食堂を出ていったとき、わたしは追いかけてはいけないとわかっていたのに、そうしてしまった。こんなふうに彼に話しかけるべきじゃない。彼への気持ちを強くするようなことは、するべきじゃない。でも心配で、追いかけずにいられない。彼は自分のなかに閉じこもり、わたしの入っていけない世界に引きこもっている。そんな彼を責める権利は、わたしにはない。わたしにできるのは、彼がいまどう感じているのか、想像することだけ。最近明らかになった事実を考えれば、弱い人なら完全におかしくなってしまっても不思議じゃない。それに、たとえ最近のわたしたちがどうにかうまくやっていたとしても、常に極度のストレス状態にあることに変わりはない。わたしたちには個人的な問題をくよくよ考えている時間なんて、ほとんどないのだ。

だから、彼がだいじょうぶか確かめておく必要がある。

彼を心配するのをやめることなんて、できない。

「アダム？」

わたしの声に、アダムが立ち止まる。驚きで彼の背中が硬直する。ふり向いた彼の表情が、希望からとまどいへ、さらに不安へと、一瞬のうちに変わっていく。「どうしたんだ？　だいじょうぶか？」

とつぜん、彼を目の前にして、１８０センチの体を前にして、わたしは忘れる努力をまったくしてこなかった記憶と感情に溺れてしまう。わたしは思い出そうとする。どうして、彼に話しかけたかったんだっけ？　なぜ、いっしょにいられないなんて彼にいったんだっけ？　なぜ、ほんの5秒でも彼の腕のなかにいてはいけないと、自分を抑えつづけているんだっけ？　彼がわたしの名前を呼んでいる、呼んでいる。「ジュリエット――どうした？　なにかあったのか？」

わたしはイエスと答えたくてたまらない。ええ、そうなの、恐ろしいことがあったの。それで気分が悪くて、すごく悪くて、へとへとで、ただあなたの腕のなかに倒れこみたい。そしてほかのことは全部、忘れてしまいたい。けれど、わたしはなんとか顔を上げ、なんとか彼と目を合わせる。その目は、とても暗い不安そうなブルーだ。

「アダムのことが心配で」

するると、彼の目が急に変わった。苦痛の色が浮かんで、まぶたが閉じる。「おれのことが心配だって？」荒々しく息を吐き、片手で髪をかき上げる。

「ただ、アダムがだいじょうぶかどうか確かめたくて――」

彼は信じられないというように首をふる。「どういうつもりだ？　おれをもてあそんでるのか？」

「え？」

アダムは握り拳で口を叩きながら、上を向く。なんといっていいのか、わからないようすだ。やがて話しだした彼の口調は、張りつめ、傷つき、とまどっていた。「おれと別れることにしたんだろ。あきらめたんだろ、いっしょにすごすことを——ふたりの未来を。おれの心をつかんで、ずたずたにしておきながら、だいじょうぶかだって？　だいじょうぶなわけないだろ、ジュリエット？　いったい、どういうつもりだ？」

足がふらつく。

「そんなつもりじゃ——」ぐっと感情をのみこむ。「わ、わたしが、い、いいたかったのは、ア、アダムの——あなたのお父さんのこと——なの——もしかしたら——あ、ううん、ごめんなさい——アダムのいうとおり、わたしがバカだった——追いかけてきたりするんじゃなかった、わ、わたし——」

「ジュリエット」アダムがせっぱつまった声で呼び、後ずさるわたしの腰に腕を巻きつける。目は固く閉じている。「たのむ、教えてくれ。おれはどうすればいい？　どう考えればいい？　次から次にひどいことが起きている。しっかりしようと努力しているけど——必死でがんばっている。けど、どうしようもなくて、君が」声がつまる。「君が恋しいんだ。君が恋しくて、苦しくてたまらない」

わたしの手が彼のシャツをぎゅっとつかむ。

わたしを見つめる彼の目に、苦しみが見える。苦しみを浮かべて、彼はつぶやく。

「まだ、おれを愛しているか？」

そのとたん、わたしは全身を硬直させ、手をのばしたくなる衝動を抑える。彼に触れてはいけない。「アダム――愛してるにきまってる――」

「いいか」アダムの声は感情がたかぶってかすれている。「おれはいままで、こういう経験がなかった。母さんのことはほとんど覚えていないし、後はずっと、ジェイムズとあの最低の父親だけだった。ジェイムズはあいつなりにおれを愛してくれている。けど君は――君とのことは――」口ごもって下を向く。「どうしたら、元にもどれる？」小さい声でたずねる。「どうしたら、君とのことを忘れられる？　君に愛されたことを？」

自分が泣いていることに気づいたときには、もう遅かった。

「君はおれを愛しているという。おれは自分が君を愛しているのを知っている」アダムは顔を上げ、わたしと目を合わせた。「それなのに、どうしていっしょにいられないんだ？」

わたしはどういえばいいかわからなくて、ただあやまる。「ご、ごめんなさい。本当にごめんなさい、わたしがどんなに申しわけなく思っているか、アダムにはわからない――」

「なぜ、試してみることもできない？」アダムはわたしの両肩をつかみ、つらそうに必死にうったえる。ふたりの顔が危険なほど近くなる。「どんな訓練だって、できるかぎり受ける。おれはただ、知りたいんだ、君といっしょに生きていけるのか――」

「無理よ」わたしはいい返す。「だめなの。アダムだって、わかってるでしょ。いっしょにいれば、いつか愚かな危険を冒したり、賭けるべきじゃない可能性に賭けてしまったりするときがくる。いつかよくなるときが来ると思ってたって、そんな日は来ない。どうしたって、いい結末にはならない」

「けど、いまのおれたちを考えてみろよ。ほら、うまくやってるじゃないか――こんなに君の近くにいるのに、キスしないでいられる――あと数カ月訓練すれば、きっと――」

「訓練したって、いっしょだってば」わたしはアダムをさえぎる。もう、なにもかも話すしかない。わたしが知っていることを彼も知る権利がある。「わたしは訓練を積めば積むほど、自分がどれだけ危険な人間か思い知らされるだけ。だから、わ、わたしのそばにいちゃいけない。危ないのは、もう肌だけじゃない。手を握るだけで傷つけてしまうかもしれないの」

「なんだって？」アダムは数回まばたきした。「どういうことだ？」

わたしは深呼吸すると、手のひらを通路の壁に押しあてた。そして、石の壁に指をめりこませて見せる。拳骨で壁をなぐり、石をつかんで握りつぶす。石は砂となって、指のあいだからさらさらと床にこぼれ落ちた。

アダムはまじまじとわたしを見ている。目がまん丸だ。

「アダムのお父さんを撃ったのは、わたしなの。ケンジがどうしてかばってくれたのかは、わからない。なぜ、あなたに本当のことをいわなかったのかも、わからない。でも、わたしはあのとき、完全に理性をなくしていて――すべてを焼き尽くす怒りでわれを忘れて――彼を殺すことしか頭になかった。そして、彼を苦しめた」わたしは小声で告げた。「彼の両脚を撃ったのは、ゆっくりやりたかったから。最期の瞬間を楽しみたかったから。彼の心臓を撃ち抜く最後の一発を。実際、もう少しでそうするところだった。もう少しで撃つところだったわたしを、ケンジが。ケンジがわたしを引き離してくれた。わたしが完全におかしくなっているとわかったから。わたしは自制心を失っていたから」

わたしの声はかすれ、とぎれとぎれにうったえる。「わたしのどこが悪いのか、このわたしになにが起きているのか、わからない。どんなことができるのかすら、わからない。どこまで悪くなっていくのかもわからない。毎日新しいことがわかって、毎日怖くなる。わたしはみんなにひどいことをしてしまった」泣きたい気持ちをぐっとのみこむ。「だから、わたしはだいじょうぶじゃない。だいじょうぶじゃないの、アダム。わたしはだいじょうぶじゃないし、わたしのそばにいたら、あなたが危ない」

アダムはじっとわたしを見つめている。驚きのあまり、話し方を忘れてしまったみたい。

「これでわかったでしょ。噂は本当なの。わたしは頭がおかしい。おまけに怪物なの」

「違う」アダムはいう。「違う――」

「そうなの」

「違う」彼の声に必死さがにじむ。「そんなの嘘だ――君はもっと強い――おれは知ってる――おれは君を知っている。十年前から、君がどういう人間か知っている。君がどんな環境を生き抜いてこなきゃならなかったか、どんな目に遭ってきたかも知っている。そんな君を、いまになって見限ったりしない。こんなことで、これくらいのことで――」

「どうして、そんなことがいえるの？　どうして、まだそんなことを信じられるの――あれだけいろいろあったのに――こんな状況なのに――」

「君だよ」彼は懸命にうったえる。わたしをつかむ両手に、さらに力がこもる。「いままで会った人のなかで、君ほど勇敢で強い人間はいない。君ほどすばらしい心を持った、善良な――」そこで口をつぐみ、張りつめた震える息をつく。「君はおれの知っているなかで、いちばんすばらしい人だ。考えられる最悪の経験をしてきたのに、君の人間性は無傷のままだ。そんな君を」彼の声は強い感情でとぎれとぎれになっている。「どうして手放せる？　どうして、君と別れられる？」

「アダム――」

「いやだ」彼は首をふる。「おれたちはこれで終わりなんて、信じない。君がまだおれを愛してくれているのなら、終わりじゃない。君はこの状況を乗り越えようとしてるんだろ？　ならおれは、君の準備ができるまで待つ。おれはどこへも行かない。おれには、君しかいない。おれがほしいのは君だけだし、この気持ちはぜったいに、けっして変わらない」

「ずいぶん感動的な場面だな」

アダムとわたしは凍りついた。ゆっくりふり返り、招かれざる声の主を見る。

ウォーナーだった。

ウォーナーがわたしたちの目の前に立っている。両手を後ろで縛られ、目は怒りと傷心と嫌悪でぎらぎらしている。その後ろから、キャッスルがやってくる。ウォーナーをどこかへ連れていこうとやってきて、立ち止まっている彼を見つけたのだ。ウォーナーはまだわたしたちを見ている。アダムは大理石の像のようになっている。動かず、息をしようとも、口を開こうとも、目をそらそうともしない。わたしは真っ赤に火照って、かりかりに焦げてしまいそう。

「赤くなると、じつにかわいい」ウォーナーがわたしにいう。「しかし、君に愛を懇願しなくてはならないようなやつに、愛情をむだづかいしてもらいたくない」アダムのほうを向く。「いや、じつに気の毒だ。恥ずかしくてたまらないだろう」

「おまえにはうんざりだ」いい返すアダムの声は、鋼(はがね)のように冷たい。

「少なくとも、わたしにはまだ尊厳がある」

キャッスルがいらいらと首をふり、ウォーナーを前へ押しやった。「仕事にもどってくれ——ふたりとも」わたしたちに声を張り上げ、ウォーナーを連れて通りすぎていく。「こんなところに突っ立って、貴重な時間をむだにするんじゃない」

「失せろ」アダムはウォーナーに怒鳴った。

「わたしが失せても」ウォーナーはいい返す。「おまえが彼女にふさわしくないことに変わりはない」

アダムは答えない。

そして、ウォーナーがキャッスルと角を曲がっていくのをじっと見つめていた。

夕食の前に、ジェイムズがわたしたちの訓練に参加した。

わたしたちが戦闘からもどってから、ジェイムズはわたしたちとすごす時間が増えた。この子がそばにいると、みんな楽しそうだ。ジェイムズがいてくれると、だれでも心がほぐれ、楽しくなる。またジェイムズと仲よくなれて、本当によかった。

わたしはいま、かんたんに物を壊せるところをジェイムズに見せている。

レンガなんてちょろい。ケーキをつぶすようなものだ。鉄パイプは、両手でつかめばストローみたいに曲がる。木はちょっとコツがいる。変な折り方をすると、破片が刺さってしまうから。といっても、もう、むずかしくはない。ケンジはわたしの能力を調べる新しい方法をずっと考えている。最近は、わたしが自分の能力を投射できるか――遠くからでも力を使えるかどうか――を調べている。

すべての能力が投射に向いているわけではないらしい。たとえば、リリーには見たものを写真を撮ったかのように鮮明に記憶する力があるけれど、その能力で他人に影響をあたえることはできない。

能力の投射は、いまのところ、わたしが挑戦してきたなかでいちばんむずかしい。ものすごく複雑で、心身両面の努力を必要とする。気持ちを完全にコントロールしなければいけないし、能力に関わる体の各部分に脳がどう指令を出しているかも正確に知っておかなくてはならない。つまり、自分の能力の源泉がどこにあるのかを突きとめる方法を知り――力を一点に集中して、どこからでも利用できるようにする方法を見つけなくてはならないのだ。

この訓練は、脳に負担がかかる。

「ねえ、ぼくもなにか壊していい?」ジェイムズは山積みのレンガからひとつつかんで、両手で重みを確かめている。「もしかしたら、ぼくもお姉ちゃんみたいに怪力があるかもしれないよ」

「いままで、怪力があるって感じたことがあるのか?」ケンジがたずねる。「ほら、その、普通の人より桁外れに強いと思ったことがあるか?」

「ないよ。だって、なにかを壊そうとしたことないもん」ジェイムズは目をぱちくりさせる。「ねえ、ぼくもケンジたちみたいになれると思う? ぼくにも、ひょっとしたら、なにか特別な力があると思う？」

ケンジはじっとジェイムズを見ている。頭のなかを整理しているようだ。「確かに、その可能性はある。おまえの兄貴のＤＮＡには、なにか特別なものが刻まれているようだからな。弟のおまえにも可能性はある」

「ほんと？」ジェイムズはその場でぴょんぴょん跳ねた。

ケンジはくすくす笑う。「おれにはわからねえよ。ただ、そういう可能性もあると――危ない」ケンジが叫んだ。「ジェイムズ――」

「いってえ」ジェイムズはレンガを床に落とし、手のひらの出血している傷を包みこむように拳骨をにぎった。「強く握りすぎて、滑っちゃったのかな」そういって、泣くのをこらえている。

「滑っちゃったのかな、だと？」ケンジは首をふる。呼吸が速くなっている。「ったく。しょうがねえやつだ。ちょろちょろして、自分の手を切ってんじゃねえ。心臓が止まるかと思った。こっち来い」今度はもっとやさしくいう。「傷を見せてみろ」

「だいじょうぶだよ」ジェイムズは頬を赤くして、怪我をした手を後ろに隠す。「なんでもないってば。すぐ消えるもん」

「その傷は、すぐには消えねえよ。ほら、見せてみろって――」

「待って」わたしはケンジをさえぎった。ジェイムズの真剣な表情が気になったのだ。後ろに隠している拳骨にじっと集中している顔が。「ジェイムズ――〝すぐ消える〟ってどういう意味？　傷がすぐに治っちゃうってこと？　ひとりでに？」

ジェイムズはわたしを見て、まばたきする。「うん、そうだよ。いつも、あっというまに治っちゃうんだ」

「なにが？　なにがあっというまに治るって？」いつのまにか、ケンジも見つめていた。すでにわたしの考えに気づき、こちらを向いては何度も声を出さずに〝ぶったまげた〟と口を動かしている。

「ぼくの怪我だよ」ジェイムズはわたしたちを、どうかしてるよという目で見つめている。「じゃあ、ケンジたちは怪我すると、すぐには治らないの？」

「傷の大きさによる」ケンジは答えた。「おまえの手の傷みたいな場合だと」首をふる。「おれなら化膿しねえように消毒しなきゃな。それから包帯を巻いて、跡が残らねえように薬を塗る。その後、かさぶたができるまで、少なくとも二日はかかる。そして、だんだん治っていく」

ジェイムズはきょとんとしている。そんなバカな話、聞いたことないという顔だ。

「手を見せてみな」とケンジ。

ジェイムズはためらっている。

「だいじょうぶよ」わたしはジェイムズにいい聞かせる。「本当に。ただ、見たいだけだから」

ゆっくりゆっくり、ジェイムズは握り拳をこちらに突き出した。そしてゆっくりと手を開きながら、わたしたちの反応をじっと観察する。ついさっきまで大きな切り傷があったところには、きれいなピンク色の皮膚があり、ほんの少し血がついているだけだ。

「ぶったまげたぜ」ケンジが思わず声をもらすと、「失礼」とわたしにあやまり、前に飛び出してジェイムズの腕をつかんだ。にやけそうな口元をどうにか引き締めている。「けど、こいつを医療棟へ連れていかなきゃ。いいか？　つづきはまた明日――」

「だけど、もう痛くないよ」ジェイムズが抗議する。「もうだいじょうぶなのに――」

「わかってるよ、ぼうず。けど、おれといっしょに来たくなるって」

「なんで？」

「なんでかっていうと」ケンジはジェイムズを部屋の外へ連れ出していく。「しばらく、ふたりのかわいこちゃんといっしょにすごせるからだ……」

そうやって、ふたりは出ていった。

わたしは大笑いする。

トレーニングルームの真ん中にひとりぼっちですわっていると、聞き慣れたノックの音が2回聞こえた。

だれが来たのかは、わかっている。

「ミズ・フェラーズ」

さっとふり向いたのは、キャッスルに驚いたからじゃない。その口調にびっくりしたからだ。彼は険しい目をして、口を固く引き結び、鋭い目が明かりを受けて光っている。

かなり怒っている。

ああ、もう。

「廊下でのことはごめんなさい」わたしはあやまった。「あんなつもりじゃ――」

「君が公共のスペースでじつに不適切な愛情表現をした件については、後で話そう、ミズ・フェラーズ。いまは、もっと重要な質問がある。正直に答えてもらいたい。とにかく真正直に答えたまえ」

「なに」わたしは息が止まりそうになる。「なんなの？」

キャッスルは険しい目でわたしを見据えた。「さきほど、ミスター・ウォーナーと話をしてきた。彼は苦痛を感じることなく君にさわれるという。しかも、そのことは君もよく知っているはずだと」

うわ、だめだ。わたしは17歳にして、発作で死ぬんだ。

「わたしは知っておかねばならない」キャッスルは急いでつづける。「その話が真実かどうか、いますぐ知っておく必要がある」

わたしの舌は糊にまみれ、歯に、唇に、上あごに貼りついてしゃべれない。体も動かない。きっと発作とか動脈瘤とか心臓麻痺とか、そういう恐ろしいものに襲われてるんだ。けれど、キャッスルにそれを説明することができない。口が少しも開かない。

「ミズ・フェラーズ。どうやら君は、これがどれだけ重要なことか理解していないようだな。さあ、答えたまえ。早く」

「わ……わたし――」

「今日、必要なんだ。君の答えが、今日、いま、この瞬間に――」

「はい」わたしはやっとの思いで答えた。あまりの恥ずかしさといたたまれなさで、頭蓋骨まで赤くなる。すっかり怖くなって、考えられるのはアダム、アダム、アダムのことだけ。いまになって、この話を知ったら、アダムはどんな反応をするだろう？　どうして、いま、こんなことにならなきゃいけないの？　なぜ、ウォーナーはそんなことを話したりしたの？　この秘密をもらした彼を殺したくなる。それはわたしが話し、わたしが隠し、わたしが胸に秘めておくはずの秘密だ。

キャッスルは画鋲に恋した風船のようになっていた。近づきすぎると割れて二度と元にもどれなくなると思っているみたい。「では、事実なんだな？」

わたしは目を落とす。「はい、本当です」

キャッスルはわたしの前で、驚きのあまり床にすわりこんでしまった。「なぜ、こんなことがありうるんだ？　君はどう思う？」

ウォーナーはアダムのお兄さんだから。でもわたしは、そのことをキャッスルにはいわない。

だって、それはアダムが自分でいうべき秘密だから。彼が話すまでは、わたしも話さない。でも本心は、キャッスルに打ち明けたくてたまらない。ウォーナーとアダムは血がつながっているから、よく似た能力を持っているに違いない。特殊な力というか、エネルギーというか、なんというか、

ああ、神さま。

そんなのいや。

ウォーナーも、わたしたちと同じ特殊な力を持っているなんて。

「すべてが変わってしまう」

キャッスルはわたしを見もしない。「これで――いや――これには非常に大きな意味がある。彼になにもかも話してやらなければならない。はっきりさせるために、彼の検査を行わなくては。だが、まず間違いないだろう。本人が望めば、喜んでここにかくまう。彼に部屋をあたえ、われわれの仲間としてここでの生活を許可することになるだろう。いつまでも人質として閉じこめておくわけにはいかない。少なくとも――」

「ちょっと待って――でも、キャッスル――どうして？　彼はもう少しでアダムを殺すところだったのよ！　それにケンジも！」

「理解してほしい――これは彼の人生観を根底からくつがえす可能性がある」キャッスルは首をふっている。片手で口をおおい、目を見開いている。「彼は動揺するかもしれない――興奮するかもしれない――もしかすると、完全におかしくなってしまうかもしれない――朝目覚めたときには、生まれ変わっているかもしれない。こういう思いがけない事実を知らされたとき、人がどんな反応を見せるか。それはまったく予測不能だ。オメガポイントは常に、われわれのような特殊能力を持つ者の避難所だ。わたしはずっと前にそう誓った。彼に食事や安全な場所を提供するのを拒むことはできない。もちろん、父親が彼を完全追放するつもりだったとしたらの話だが」

ありえない。

「しかし、わからない」キャッスルは唐突にいい、わたしを見た。「なぜ、なにもいわなかった？　なぜ、このことを報告しなかった？　これはわれわれが知っておかねばならない重要な情報だ。しかも、君がとがめられるようなことはなにもない――」

「アダムに知られたくなかったの」わたしは初めて口に出して認めた。その声は、糸でつながれた14個の恥のかけら。「ただ……」首をふる。「彼に知られたくなかっただけ」

キャッスルはわたしの気持ちを察して、とても悲しそうな顔をした。「君の秘密を守ってやれたらいいのだが、ミズ・フェラーズ。しかし、たとえわたしがそう望んだとしても、ウォーナーがいつまでもだまっているとは思えない」

わたしは床のマットをじっと見つめる。口を開くと、かぼそい情けない声が出た。「だいたい、どうしてウォーナーはあなたにしゃべったの？　そもそも、どうしてそんな話題になったの？」

キャッスルは考えこむように、あごをさすった。「自分から話してくれたんだ。わたしはウォーナーの世話を買ってでた。トイレに連れていったりとか、まあ、そんなところだ。彼を追及して父親についていろいろ聞きたかったし、人質にされたわれわれの仲間のことをなにか知らないか確かめたかったからだ。彼はすっかり回復したようだ。それどころか、ここに来たときより、ずっと元気に見える。素直で、礼儀正しいといってもいいくらいだ。しかし彼の態度が劇的に変わったのは、廊下で偶然、君とアダムに出くわした後だ……」キャッスルは口を閉じたかと思うと、はっと顔を上げた。頭をフル回転させ、すべてのピースが収まるべきところに収まったらしい。わたしを見てあんぐりと口を開ける。まったく彼らしくない表情で、こちらを見つめている。すっかり当惑しているみたい。

わたしは怒るべきなのだろうか？

「彼は君に恋をしているのか」キャッスルはつぶやいた。だんだん、はっきりとわかってきたらしい。一度だけ、急に激しく声を上げて笑った。そして首をふる。「彼は君を捕えておいて、そのあいだになんと君に恋をしてしまったのか」

わたしは足元のマットを、こんな素敵なもの初めて見るとでもいうように、じっと見ている。

「あ、いや、ミズ・フェラーズ。君の苦境をうらやんでいるわけではない。そうではなく、なぜ君にとってこの状況が気まずいのか、やっとわかったのだ」

キャッスル、あなたはなにもわかってない。わたしはそういいたかった。この物語の全体像を知りもしないで、わかるわけがない。あなたは、ウォーナーとアダムが兄弟だということも知らない。しかも、ふたりは憎みあっている。意見が一致しているのは、ただひとつ。父親を殺したいと思っていることだけ。

でも、そういうことをわたしの口からいうつもりはない。なにもいわない。

わたしはマットの上にすわって頭を抱え、ほかにまずそうなことがないか考える。あといくつの過ちをおかしたら、すべてが収まるべきところに収まる日が来るのだろう？

そんな日が来るとしたら、だけれど。

恥ずかしくてたまらない。

ひと晩じゅう考えて、今朝気づいた。ウォーナーはわざとキャッスルに話したに違いない。わたしとゲームをしているのだ。ウォーナーは変わっていない。相変わらず、わたしを意のままに動かそうとしているのだ。わたしを自分の計画に利用しようとしている。傷つけようとしている。

　そんなこと、許さない。

　ウォーナーがわたしに嘘をついたり、わたしの気持ちを操って、ほしいものを手に入れようとしたりするのは許さない。彼に同情していた自分が信じられない――父親といる彼を見て、弱さとやさしさを感じたなんて。わたしの日記の感想を話した彼を、信じてしまったなんて。そんなことを真に受けるなんて、おめでたいもいいところだ。

　彼にも人間的な感情があるかもしれないと思うなんて、バカだった。

　わたしはキャッスルに、この任務はほかの人に任せたほうがいいといった。ウォーナーがわたしにさわれることは、もうキャッスルも知っている。わたしがこの任務は危険かもしれないというと、キャッスルはさんざん笑ってこういった。「いや、ミズ・フェラーズ。断言してもいい、君は自分の身を守れるはずだ。それどころか、われわれのだれよりも彼に対して備えができている。それに、これは理想的な状況だ。もし彼が本当に君に恋をしているのなら、君はそれを利用して状況をこちらの有利に転じることができる。君の協力が必要だ」キャッスルは真剣な口調でつづけた。「われわれには手に入るあらゆる協力が必要だ。そしていまの君は、われわれに必要な答えを手に入れられる可能性を持っている。たのむ、できるかぎりの情報を聞きだしてくれ。どんなことでもいい。ウィンストンとブレンダンの命がかかっているんだ」

そのとおりだ。

わたしは自分の心配事を頭から追い出した。ウィンストンとブレンダンは負傷して敵に捕えられている。ふたりを見つけ出さなきゃ。そのためなら、なんだってする。

それには、ウォーナーともう一度話をしなくてはならない。

彼をただの捕虜として扱わなくてはならない。雑談はいらない。わたしを混乱させようとする彼の策略にはまってはいけない。もう二度と、ぜったいに。今度こそ、賢く、うまくやらなきゃ。

それに、メモ帳も取りもどしたい。

警備の人たちが彼の部屋の鍵を開けてくれると、わたしはずかずかと入っていった。ドアを後ろでしっかり閉める。そして、前もって考えておいた話をしようとして、その場でかたまった。

自分がなにを期待していたのか、わからない。

たぶん、ウォーナーが壁に穴を開けようとしているところとか、オメガポイントの人々を皆殺しにする計画を練っているところを予想していたのだろう。ほかには、わからない、わからない、なにもわからない。わたしにわかるのは、怒った人間や横柄な人物、傲慢な怪物との戦い方だけ。だから、こういうとき、どうしていいのかわからない。

ウォーナーは眠っていた。

マットレスが敷かれていた。ごく普通の簡素な長方形のマットレスで、薄くて擦り切れてはいるけれど、床に寝るよりはましだ。彼はその上で、黒のボクサーショーツ一枚で寝ている。

服は床にちらばっていた。

ズボンとシャツと靴下は、少しぬれてしわになっている。きっと手で洗って、乾かしているのだろう。上着はたたんでブーツの上に置き、手袋は上着の上にきちんとならべてある。

わたしがこの部屋に入ってから、彼は少しも動いていない。

体を横にして壁に背を向け、左腕を顔の下で曲げ、右腕は体にくっつけている。体全体は完璧で裸で、たくましく、なめらかで、かすかに石鹸のにおいがする。わたしはなぜか、彼を見つめるのをやめられない。人は眠ると、なぜこんなにやさしく無垢（むく）な表情になるんだろう。なぜ、こんなに安らかで無防備に見えるんだろう。見るのをやめたいのに、やめられない。目的を見失ってしまう、ここに来る前に自分にいい聞かせてきた勇ましい言葉を全部忘れてしまう。だって、彼にはなにかある——彼にはいつだってわたしを惹きつけるものがある。なにかはわからないけれど。無視できたらいいのに、できない。

彼を見ていると、こう思ってしまうから。ひょっとして、すべてわたしのせい？　わたしが初心だからそう感じるだけなの？

けれど、わたしには、何層にも重なったさまざまな濃さの金と緑が見える。生まれてから一度も人間らしくなることを許されなかった人が見える。わたしも、わたしを迫害する人たちと同じくらい残酷だったら、こういうだろう。この社会は正しい、なかにはやりすぎの人もいる、ときには引き返せないこともある、この世界には二度目のチャンスをあたえる価値のない人もいる。でも、わたしは、わたしは、わたしは、

ノーといわずにいられない。

こう思わずにいられない。19歳で見限るのは早すぎる。19歳なんてまだ始まったばかり、この世界で悪者にしかなれないと決めつけてはいけない。

もしも、だれかがわたしの可能性を信じてくれていたら、わたしの人生はどうなっていただろう、と思わずにはいられない。

それで、わたしは後ずさる。帰ろうと背を向ける。

彼は寝かせておこう。

そこで、足が止まった。

マットレスの上にメモ帳がある。彼ののばした手のすぐ横に。彼の手はまるで、たったいまメモ帳を手放したかのようだ。取りもどす絶好のチャンスだ。気づかれないように近づくことさえできれば。

わたしはつま先立ちで進み、履いているブーツに心から感謝する。この靴はまったく足音がしないように作られているのだ。けれど、じりじりと彼の体に近づくほど、わたしの注意は彼の背中の上のなにかに引きつけられた。

黒くて小さい、四角いシミのようなものがある。

そっと近づく。

まばたきする。

目をこらす。

身を乗り出す。

タトゥーだ。

絵じゃない。たった1語。背中の上のほうの真ん中に、1語だけ刻まれている。黒いインクで。

IGNITE（火をつけろ）

しかも、背中には無数の傷跡が縦横に走っている。

頭にたちまち血がのぼり、わたしは気絶しそうになる。吐き気がする。本当に、いますぐ胃の中身をもどしてしまいそう。おかしくなってしまいたい、だれかを揺さぶりたい、息のつまりそうなこの感情を理解する方法を知りたい。だって、わたしには想像もつかない、想像もつかない。背中にこんな苦痛を刻まれて、彼がどんなことに耐えなくてはならなかったのか。

背中全体が苦痛の地図になっている。

太かったり細かったり、でこぼこだったりずたずただったり。傷跡はどこへも通じていない道のよう。わたしにはわからない深い切り傷や痛々しい傷の跡、わたしには思いもよらない責め苦の跡。それらは彼の体で唯一の不完全なもの。隠された欠点であり、それぞれの謎を秘めている欠陥だ。

そしてわたしは気づく。気づくのは初めてではないけれど。ウォーナーが本当はどういう人なのか、わたしはなにも知らないんだ。

「ジュリエット？」

わたしは凍りつく。

「ここでなにをしている？」ウォーナーの目が警戒で見開かれる。

「あの――ええと、話しに来たの――」

「うわ」ウォーナーはわたしから飛びのいた。「おまえが来てくれるのはじつにうれしいが、会う前に、せめてズボンくらい履かせてもらえないか」起き上がって壁にもたれたけれど、服を拾おうとはしない。彼の目はわたしと床の上のズボンとのあいだを行ったり来たりしている。どうしていいのかわからないみたい。それでも、わたしに背中を向けるのはやめることにしたらしい。

「取ってくれないか？」ウォーナーはわたしの足元に落ちている服をあごで指す。何気ないふりをしているけれど、目に浮かぶ不安の色は隠せない。「ここは冷える」

でも、わたしは彼を見つめている、上から下までじっと。前から見ると信じられないくらい完璧で、圧倒されてしまう。たくましく引き締まった体格。筋肉に恵まれてはいるけれど、ずんぐりはしていない。色白だけれどけっして青白くはなく、健康に見える程度に日に焼けている。完璧な青年の体。

外見はなんて嘘つきになれるんだろう。

なんて恐ろしい、ひどい嘘。

ウォーナーの目はわたしの目を見据えている。彼の瞳はけっして消えることのない緑の炎。彼の胸が呼吸とともにふくらむ速度は速い、速い、速い。

「その背中、どうしたの？」自分のつぶやく声が聞こえた。

わたしは彼の顔から色が消えていくのを見ている。彼は顔をそむけ、片手を口にあて、その手であごを、首の後ろをさする。

「だれにやられたの？」わたしは静かにたずねる。大変なことをしてしまう直前に感じる、あの奇妙な感覚がわき上がってくる。たったいま、いますぐ、彼にこんなことをした人間を殺せる気がする。

「ジュリエット、服を――」

「お父さんにやられたの？」わたしの口調は少しきつくなる。「こんなひどいことを――」

「たいしたことじゃない」ウォーナーは苛立たしそうに、さえぎった。

「そんなわけないでしょ！」

彼はなにもいわない。

「そのタトゥーだけれど、その言葉――」

「ああ」彼は小さな声でいい、咳ばらいした。

「それ……」わたしはまばたきする。「どういう意味なの？」

ウォーナーは首をふり、片手で髪をかき上げる。

「なにかの本の言葉？」

「どうして気にする？」彼はまた目をそむける。「なぜ急に、わたしの人生をそんなに知りたがる？」

わからない、そういいたい。彼にわからないといいたいけれど、それは真実じゃない。

なぜなら、感じるから。心のなかで、百万の鍵がきしみながら回り、百万のドアの錠をカチャリと開けるのを感じるから。ようやく、わたしは自分の本心と向き合うのを許そうとしている。自分がどう思い、どう感じているのかを考え、生まれて初めて自分自身の秘密を見つけようとしている。わたしは彼の目を探り、表情を探る。どう呼べばいいのかわからないものを探す。そして理解する。わたしはもう彼の敵でいたくない。

「もう、やめましょう。今回はあなたと基地にいるわけじゃない。わたしはあなたの武器になるつもりはないし、この決意はあなたにはぜったい変えられない。もうわかってると思うけれど」わたしは床を見つめる。「だからもう、戦う理由はない。そうでしょ？　なぜ、まだわたしを操ろうとするの？　どうして、まだわたしを姑息な手でだまそうとするの？」

「さあ」ウォーナーはわたしを見ている。まるで、わたしが実際に目の前にいるのかどうかも確信が持てないようすだ。「いったいなんの話をしているのか、さっぱりわからない」

「あなたがわたしにさわれることを、どうしてキャッスルにしゃべったの？　あなたが勝手にしゃべっていいことじゃないでしょ」

「確かに」ウォーナーは長々と息を吐く。「そのとおりだ」われに返ったようだ。「それより、ジュリエット、まだここでそういう質問をつづけるつもりなら、せめて上着を取ってくれないか？」

わたしは上着を放る。彼は受け取り、床にすわった。そして上着をはおらずに、ひざの上にかけると、やっと口を開いた。「ああ、おまえにさわれることを、キャッスルに話した。彼には知る権利がある」

「彼には関係ないじゃない」

「関係ある。この地下で彼が作り上げた世界は、まさにそういう情報を元に成り立っている。しかも、おまえはここで彼らとともに暮らしている。彼は知るべきだ」

「知る必要なんてない」

「なぜ、それほどむきになる？」ウォーナーはわたしの目をいやに注意深くのぞきこむ。「わたしがおまえにさわれることを人に知られたからといって、なぜそこまで気にする？　なぜ、隠さなくてはならない？」

わたしは必死に言葉を探す。なのに、ぜんぜん見つからない。

「アダム・ケントのことを気にしているのか？　わたしがおまえにさわれることを知ったら、やつがいやがると思っているのか？」

「こんなこと、アダムに知られたくなかった――」

「しかし、なぜ、そんなことが重要なのだ？」ウォーナーはしつこくたずねる。「自分にとってはなにも変わらない事柄を、気にしすぎているように聞こえる。秘密にしようがしまいが、おまえ自身にはなんの影響もない。もし、まだわたしに憎しみしか感じていないと主張するのなら、だが。そういったよな？　わたしを憎んでいると？」

わたしはウォーナーの向かいにすわる。両ひざを胸に引き寄せる。足元の石の床に集中する。「憎んでないわ」

ウォーナーの息が止まったように見えた。

「ときどき、あなたの気持ちがわかると思うことがあるの。本当に。けれど、やっと理解できたと思ったとたん、驚かされる。あなたがどんな人なのか、どんな人になろうとしているのか、ぜんぜんわからない」わたしは顔を上げる。「でも、もうあなたを憎んでないってことはわかる。憎もうと努力したの。すごく努力した。だって、あなたはさんざんひどいことをしてきたんだもの。罪のない人たちに。わたしにも。けれどいまは、あなたのことをあまりにたくさん知ってしまった。あまりにたくさんの面を見てしまった。あなたはとても人間らしい人だわ」

彼の髪はどこまでも金色。瞳はどこまでもグリーン。「おまえは」話しだした彼の声には、苦悩がにじんでいた。「わたしの友人になりたいといっているのか？」

「わ、わからない」わたしはその可能性に、ただただ呆然としてしまう。「それは考えてなかった。わたしはただ、こういいたいだけ。わからない」少しためらって、息を吸う。「もう、どうやってあなたを憎めばいいのかわからない。たとえ、そうしたくても。本当に憎みたいし、憎むべきだってわかってるのに、できないの」

ウォーナーは顔をそむける。

そしてほほえむ。

そのほほえみは、わたしにまばたき以外なにもできなくさせてしまう。どうなってるの？　どうして、わたしの目はほかのものを見ようとしないの？

どうして、わたしの心臓はどきどきしてるの？

ウォーナーはわたしのメモ帳に触れている。無意識にそうしているようだ。指で表紙を上から下までなでる。もう一度なでる。そこでわたしの視線に気づき、手を止めた。

「これはおまえが書いたのか？」またメモ帳に触れる。「なにからなにまで全部？」

わたしはうなずく。

「ジュリエット」

息が止まる。

「ぜひ、そうしたい。友人になるという話だが、そうしたい」

わたしは頭のなかでなにが起きているのか、わからなくなる。

たぶん、彼は壊れていて、わたしは愚かにもそんな彼を修理できると思っているから。たぶん、わたしは自分を見ているから。自分ではどうすることもできない力のせいで、見捨てられ、放置され、ひどい扱いを受け、虐待された3歳、4歳、5歳、6歳、17歳のジュリエットを見て、ウォーナーを自分とよく似ていると思うから。生まれてから一度も人間らしい生活を送る機会をあたえられなかった人だと思うから。わたしは考える。すでにあらゆる人が彼を憎み、彼を憎むことが常識になっていることを。

ウォーナーは恐ろしい。

それについて、異議も、保留も、疑問も投げかけられることはない。彼が殺人と権力と拷問を糧（かて）に君臨する卑劣な人間であることは、すでに決定事項なのだ。

それでも、わたしは知りたい。知る必要がある。知らなくてはならない。

本当に、そんな単純なことなのか？

だって、もし、わたしがいつか足を滑らせたら？　いつか地面の裂け目に落っこちて、だれも引っぱりあげようとしてくれなかったら？　そのとき、わたしはどうなる？

だから、彼と目を合わせる。深呼吸する。

そして逃げた。

部屋から逃げ出した。

ほんの一瞬。

ほんの一秒、ほんの一分、ほんの一時間だけ、わたしにちょうだい。なんならこの週末でもいい。よく考えたい。そんな大したことじゃない、そんな大変なことじゃない、わたしたちがいままで求めたのは、それだけ。単純な要求だ。

けれど、一瞬が、数秒が、数分が、数時間が、数日が、数年が、大きなひとつの過ちになり、好機が指のすき間からこぼれ落ちていく。わたしたちが決められなかったから、理解できなかったから、もっと時間が必要だったから、どうしていいかわからなかったから。

わたしたちは、自分たちのしたことさえわかっていない。

どうやってここにたどりついたのかもわからない。わたしたちが望んでいたのは、朝起きて夜は眠り、帰宅途中でアイスクリーム・ショップに寄ったりすること。あのひとつの決定が、あのひとつの選択が、あのひとつの思いがけない機会が、わたしたちがいままで知っていたこと信じていたことを、なにもかも白紙にもどしてしまった。

わたしたちはどうすればいいの？
　これから
　どうすればいいの？

状況はどんどん悪くなっている。

オメガポイントでは、時間とともに緊迫感が増している。アンダースン側と連絡を取ろうとしたけれど、むだに終わった——向こうからはなんの連絡もなく、わたしたちの人質について新たな情報はなにもない。けれど、第45セクターの市民は——かつてウォーナーがリーダーを務め、監督していたセクターの人々は——ますます不安定になりつつあった。わたしたちの存在と抵抗活動の噂がすごい勢いで広まっているのだ。

　再建党は先日のわたしたちとの戦いを、よくある反逆者からの攻撃と報じて隠そうとしたが、市民も真に受けるほど愚かではない。市民のあいだで抵抗が始まり、仕事を拒否する者や当局に反抗する者、居住区から逃亡しようとする者、規制外区域にもどろうとする者が出ている。

そういう行動に、良い結末は待っていない。

死傷者数があまりに多く、キャッスルはなんとかしたがっている。わたしたちはみんな、もう一度立ち向かうつもりでいる。それも近いうちに。アンダースンが死んだという報告は届いていない。ということは、彼はただチャンスを待っているだけかもしれない――あるいは、アダムのいうとおり、ただ療養中なのかもしれない。けれど、理由はどうあれ、アンダースンの沈黙が良いことであるはずがない。

「ここでなにをしているんだね？」キャッスルに声をかけられた。

わたしはただ夕食をとりにきただけだ。いつものテーブルで、アダムとケンジとジェイムズといっしょにすわっているだけ。わたしはまばたきして、きょとんとキャッスルを見た。

「どうした？」とケンジ。

「だいじょうぶか？」とアダム。

キャッスルはいう。「すまない、ミズ・フェラーズ。邪魔をする気はなかったのだが、君がここにいるのを見て、正直、少し驚いている。いまは任務中だと思っていた」

「あ」わたしははっとして、ちらっと食事を見て、キャッスルに目をもどす。「ええ

――そのとおりだけれど――ウォーナーとは、もう二回話をしたし――つい昨日も会ったし――」

「おお、それはすばらしい、ミズ・フェラーズ。じつにすばらしい」キャッスルは両手をぎゅっと握りしめた。顔は安堵を絵に描いたよう。「それで、なにかわかったか？」彼の期待に満ちた顔に、わたしはだんだん恥ずかしくなってくる。

みんなに注目されて、どうしていいかわからない。なんていえばいいのか、わからない。

わたしは首をふった。

「おや」キャッスルは両手を下ろした。下を向き、ひとりでうなずく。「では、二回の面会でじゅうぶんと判断したわけか？」彼はこちらを見ようとしない。「君のプロとしての意見を聞こうか、ミズ・フェラーズ？　この特殊な状況下で、のんびり仕事をするのがベストだと思うか？　君が忙しいスケジュールから暇を見つけ、人質を発見して救出するのに協力できる唯一の人間を尋問してくれるまで、ウィンストンとブレンダンは気楽にくつろいでいてくれるとでも思っているのか？　君は――」

「すぐ行きます」わたしはトレイをつかんで勢いよく席を立ち、転びそうになる。

「ごめんなさい――わたし、ちょっと――いまは行かなきゃ。また朝食のときにね」

わたしは小声でいうと、食堂から飛び出した。
ブレンダンとウィンストン
ブレンダンとウィンストン
ブレンダンとウィンストン、ひたすら自分にいい聞かせる。
出てくるとき、ケンジの笑い声が聞こえた。

わたしは尋問がうまくないようだ。

ウォーナーに山のように質問しても、どれも人質の情報にはつながらない。今度こそ正しい質問をしようとしても、どういうわけか毎回ウォーナーに話をそらされてしまう。まるで、彼はこちらの聞こうとしていることを知っていて、会話の方向を変える準備をしていたみたい。

混乱してしまう。

「おまえはタトゥーを入れてるのか？」ウォーナーはにこやかにたずね、アンダーシャツ姿で壁にもたれる。ズボンと靴下は履いているけれど、靴は履いていない。「最近は、だれでもタトゥーを入れているようだが」

まさか、ウォーナーとこんな話をすることになるとは思いもしなかった。

「ううん、いままでそういう機会はなかったから。だいたい、わたしの肌にそこまで近づきたがる人なんているわけないでしょ」

ウォーナーは自分の両手をじっと見ている。ほほえむ。「いつか、機会があるかもな」

「かもね」とわたし。

沈黙。

「それより、あなたのタトゥーは？　なぜ〝IGNITE〟なの？」

彼の微笑みが大きくなる。また、えくぼがあらわれた。彼は首をふる。「悪いか？」

「わからないの」わたしはとまどい、首をかしげる。「〝IGNITE（火をつけろ）〟って自分にいい聞かせたいの？」

ウォーナーはにこにこして、吹きだすのをこらえている。「ジュリエット、文字の羅列がいつも言葉をあらわしているとは限らないんだ」

「い……いったい、なにをいってるのか、わからない」

彼は深く息を吸うと、背すじをのばした。「ところで、以前はたくさん本を読んでいたのか？」

わたしは不意をつかれ、場違いな質問に、一瞬、なにかの罠（わな）かと疑ってしまう。イエスと答えたら、困った事態に追いこまれてしまうかもしれない。そのとき、ふと思い出した。いま人質になっているのは、ウォーナーのほうで、わたしじゃない。「ええ、昔は」

彼のほほえみが薄れ、もう少し真面目な計算された表情になる。顔から慎重に一切の感情をぬぐい去る。「いつ、読書をする機会があった？」

「どういう意味？」

ウォーナーはゆっくりと肩をすくめ、なにを見るでもなく室内に目を走らせる。

「ただ、不思議に思っただけだ。人生のほとんどを完全に隔離されてすごしてきた少女が、たくさんの本に触れてきたとは。しかも、こんな世の中で」

わたしはなにもいわない。

彼もいわない。

わたしは数回息をしてから、答えた。

「よ……読む本を選んだことはない」なぜかわからないけれど、そう口に出すことに、すごく不安を感じる。どうしてかわからないけれど、小声にならないように自分にいい聞かせなくてはならなかった。「手に入る本なら、なんでも読んだ。通っていた学校にはどこも小さな図書室があったし、自宅には両親の本があった。それから……」

少しためらう。「それから二年間は、病院と精神科病棟と、しょ、少年院ですごした」まるで合図でも出されたみたいに、わたしの顔は真っ赤になる。自分の過去やこれまでの自分、これからもそうでありつづける自分を恥じる準備が、いつでもできているみたいに。

だけど、おかしい。

心のどこかでは、こんなに率直に話すことに苦労しているのに、べつのどこかではウォーナーとのおしゃべりを心から楽しんでいる。安心している。くつろいでいる。なぜなら、彼はもうわたしのことをなにもかも知っているから。

ウォーナーはわたしの17年間を隅々まで知っている。わたしの病院の記録を全部持っているし、警察とのいざこざやつらいつらかった親子関係についてもすべて知っている。しかも、わたしのメモ帳まで読んでしまったのだ。

わたしの人生のなかで、いまさら彼を驚かすような打ち明け話はなにもない。わたしのしてきたことで、彼に衝撃や恐怖を感じさせるようなものはない。彼が愛想をつかしてわたしから離れていく心配はない。

いま気づいたこの事実は、たぶんほかのなによりも衝撃的だ。

そして、なんだかほっとする。

「本はいつも身近にあった」わたしはつづける。なぜか、止められない。目は床を見つめたまま。「少年院にいたころは、古くてすりきれた、表紙がなくなってるような本ばかりだったから、タイトルや作者がわからないこともあった。とにかく見つけたものはなんでも読んだ。おとぎ話もミステリーも歴史書も詩集も。どんな本かなんて気にしなかった。何度も何度も読み返した。本は……正気をなくしてしまいそうだったわたしを助けてくれた」声がだんだん小さくなり、わたしは口をつぐんだ。ぞっとして、つづきを話せない。自分がどれほど彼に――ウォーナーに――打ち明けたがっているのか、気づいたから。

ウォーナーはとてつもなく恐ろしい人物だ。アダムとケンジを殺そうとした。わたしをおもちゃにした。

彼のそばでこんなにも気楽に話せるほど安心している自分が、いやだ。心から正直になれる唯一の相手が、よりによってウォーナーだなんて、いやになる。わたしはいつも、アダムを守らなくてはいけないと思っている気がする。わたしやわたしの恐ろしい人生から守らなきゃという気持ちでいる。アダムを怖がらせたり、よけいなことを打ち明けたりしたいとは思わない。アダムの気持ちが変わってしまうのが怖いから。わたしを信じるなんて間違いだった、わたしに愛情を見せるなんてとんでもない過ちだったと気づかれてしまうのが怖いから。

でも、ウォーナーといると、なにも隠さなくていい。

ウォーナーの表情を見てみたくなる。わたしが打ち明け話をして、過去の個人的な話を聞かせたいま、彼はどう思っているだろう？　知りたいのに、顔を見られない。だからここにすわったまま、凍りつき、恥ずかしさを両肩に留まらせている。彼はなにもいわず、少しも動かず、なんの物音も立てない。秒が飛んでいき、たちまち部屋じゅうにあふれ、わたしは叩いて追い払いたくなる。つかまえてポケットに押しこみ、時間を止めたくなる。

ようやく、ウォーナーが沈黙を破った。

「わたしも読書は好きだ」

わたしはびくっとして顔を上げる。

彼は壁にもたれ、片手を髪にやる。指で金色の髪を一度だけとかすと、その手を落とし、わたしと目を合わせた。彼の瞳はどこまでもグリーン。

「読書が好きなの？」

「意外か」

「再建党はすべての書物を破壊するつもりだと思ってた。だから、読書は違法だと思ってた」

「ああ、そのとおりだ。いずれ違法になる」ウォーナーは少し体を動かした。「それも近いうちに。実際、すでに処分された本もある」そこで初めて、居心地悪そうな顔をした。「皮肉なものだ。わたしが本気で読書を始めたとたん、なにもかも破壊するという計画が実行に移された。わたしもいくつかのリストを選別する任務をあたえられた。なにを残し、なにを捨て、なにを再利用して、いまの宣伝活動や将来の教育等に使用するかについて、意見をいう任務だ」

「それで、あなたはいいと思ったの？　かろうじて残っている文明を――すべての言語を――あらゆる本を――破壊することが？　それに賛成したの？」

ウォーナーはまたわたしのメモ帳をいじっている。「わたしなら……違うやり方をするだろうと思うことがたくさんある。わたしが任されたら、の話だが」深呼吸。「しかし、兵士はかならずしも納得したうえで命令に従うわけではない」

「違うやり方って？　もし、あなたが任されたらどうする？」

ウォーナーは声を上げて笑った。ため息。わたしを見て、目の端でほほえみかける。

「質問が多すぎる」

「聞かずにいられないの。いまのあなたは、ぜんぜん違う人みたいなんだもの。あなたには驚かされてばっかり」

「どうして？」

「わからない。ただ……すごく落ち着いてるように見えるの。前より少し、まともに見える」

彼は静かに笑う。胸を震わせ、声を上げずに笑っている。「わたしの人生には、戦闘と破壊しかなかった。ここにいると」室内を見回す。「任務からも、責任からも、死からも離れていられる」壁を凝視する。「休暇のようなものだ。常に考えている必要はなく、なにもしなくていいし、だれとも話さなくていいし、どこにも行かなくていい。いままで、こんなに長い時間、ただ眠っていられたことなどなかった」ウォーナーはほほえんでいる。「ずいぶん贅沢な話だ。こんなことなら、たびたび捕虜になりたいものだ」ひとり言のようにつけたした。

わたしは彼を観察せずにいられない。

いままではとてもできなかったけれど、じっくり彼の顔を見る。すると、彼のような人生を送るのがどんなことか、自分には想像もつかないことに気づく。彼に以前、おまえはわかっていない、わたしの世界の奇妙な法則をほとんどわかっていない、といわれたことがある。わたしはいま、そのとおりだと気づき始めたばかりだ。殺伐とした、厳しく組織化された生活のことなんて、なにも知らない。わたしは急に知りたくなる。

急に理解したくなる。

彼の慎重な動きを、平気でくつろいでいるように見せている努力を、じっと観察する。けれどわかったのは、それがいかに計算されたものかということだけ。彼の体のどんな動作にも、どんな仕草にも、ちゃんと理由がある。彼はいつでも耳をそばだて、いつでも床や壁に触れていて、ドアを見つめ、その輪郭や蝶番や取っ手を調べている。彼が緊張する気配もわかる。金属が触れ合う音や、部屋の外のくぐもった話し声のような小さな物音に――ごくかすかにだけれど――緊張する。常に警戒しているのは明らかだ。常に神経を張りつめ、即座に反応して戦う準備ができている。いままで、心の平安を感じたことなんてあるのだろうか？　安心というものを知らないのだろうか？　ひと晩ぐっすり眠れたことはあるのだろうか？　頻繁に後ろをふり返ることなく、どこかへ行けたことがあるのだろうか？

彼の両手はしっかり組み合わされている。

ウォーナーは左手の指輪をもてあそんでいる。小指にはめた指輪をくるくる回している。いまのいままで、彼が指輪をしていることに気づかなかったことが信じられない。指輪は翡翠のリングで、彼の目と同じ薄い緑色をしている。そのとき、不意に思い出した。前に見たことがある。

一度だけ。

わたしがジェンキンズを傷つけてしまった翌朝。ウォーナーが自分の部屋から、わたしを連れに来たときだ。わたしが指輪を見つめているのに気づいた彼は、さっと手袋をつけた。

デジャヴュだ。

わたしに見られているのに気づいたウォーナーは、すぐ左手を握りしめ、右手でおおった。

「それ――」

「ただの指輪だ。なんでもない」

「なんでもないなら、どうして隠すの？」わたしはさっきより、ずっと強い好奇心にかられていた。彼の心をこじ開け、そのなかで起きていることを知るためなら、どんなチャンスにだって飛びつく。

ウォーナーはため息をついた。

手を開いて、閉じる。両手を見つめ、手のひらを下に向け、指を広げる。小指から指輪をはずし、蛍光灯の光にかざして、じっと見つめる。緑色の小さな〇。そしてやっとわたしの目を見ると、手のひらに指輪を落として握った。

「話してくれるつもりはないの？」

彼は首をふる。

「なぜ？」

彼は首の横をさすり、下のほう、ちょうど背中につながるあたりをほぐす。わたしは見つめずにいられない。あんなふうにわたしの体の痛みをほぐしてくれる人がいたらどうだろうと考えずにはいられない。彼の手はとても力強そうだ。

わたしがなんの話をしていたか忘れかけたとき、ウォーナーが口を開いた。「十年ほど前からはめている。以前は人さし指にしていた」ちらっとこちらを見て、また目をそらす。「その話はしない」

「ぜったいに？」

「ああ」

「ふうん」わたしは下唇をかむ。がっかりだ。

「シェイクスピアは好きか？」彼がたずねた。

奇妙な話のつづけ方。

わたしは首をふる。「シェイクスピアについて知ってることは、彼がわたしの名前を盗んで間違った綴りにしたことだけ」

ウォーナーはたっぷり一秒間わたしを見つめてから、吹きだした。抑えきれずに激しく笑いだし、止めようとしては失敗する。

わたしは急に落ち着かなくなる。げらげら笑い、秘密の指輪をつけ、本や詩のことをたずねてくるこの不思議な人の前にいると、落ち着かない。「おもしろいことをいったつもりはないんだけど」なんとかいってみる。

けれど、彼はまだ愉快そうな目をしている。「気にするな。わたしもつい一年前までは、シェイクスピアのことをほとんど知らなかった。いまも、彼のいっていることの半分は理解できない。再建党は、彼の作品のほとんどを処分すると思う。だが、彼の書いたもののなかに、一行だけ気に入っている言葉がある」

「なに？」

「見たいか？」

「見るって？」

ウォーナーはすでに立ち上がり、ズボンのボタンをはずしている。いったいなにが起こるの？　また彼のいやなゲームに引っかかってしまったのかと思ったとき、彼の動きが止まった。わたしのおびえた表情に気づいたのだ。「心配するな。裸になるつもりはない。もうひとつのタトゥーを見せたいだけだ」

「どこにあるの？」わたしは目をそらしたくて、そらしたくなくて、その場に凍りつく。

彼は答えない。

ズボンのジッパーは開いているけれど、ズボンはまだ腰に引っかかっている。下にはいたボクサーショーツが見える。彼は下着のゴムを引っぱって、腰骨のすぐ下まで下げた。

わたしは髪の生え際まで真っ赤になる。

いままで男の人の体のそんな部分は見たことがなくて、わたしは目をそらせない。アダムとふたりきりのときは、いつも暗かったし、すぐ邪魔が入った。アダムの体をあまり見たことがないのは、見たくなかったからではなく、見る機会がなかったからだ。でも、いまは明かりがついていて、ウォーナーは目の前に立っている。わたしは彼の体にすっかり見とれ、興味を引かれていた。ウエストが腰へ向かって引き締まり、布切れの下へ消えていくラインがいやでも気になってしまう。衣服に邪魔されずに他人を知るって、どういう感じなんだろう？　知りたくなる。

人を完全に、隅々まで知ってみたい。

彼のひじとひじのあいだにはさまれた秘密を、彼のひざの裏にとらわれた囁きを調べてみたい。彼のシルエットを自分の目と指先でたどりたい。彼の体の筋肉に刻まれた川や谷をなぞりたい。

わたしは自分の気持ちにショックを受ける。

みぞおちのあたりが彼を求めて熱くなっている。こんなの、無視できたらいいのに。胸は説明しようのない思いでそわそわしている。認めたくない気持ちで、体の芯が痛い。

~~きれい。~~

~~なんてきれいなの。~~

わたしはどうかしてしまったに違いない。

「おもしろいだろ」ウォーナーはいう。「なんていうかとても……的を射た言葉だと思う。ずいぶん前に入れたものだ」

「え？」わたしは彼の下半身から目を引きはがし、想像力が勝手にくわしく描きだそうとするのを必死で止める。彼の肌に刻まれた言葉に目をもどし、今度はちゃんと集中する。「ああ。そうね」

タトゥーは2行あった。胴体のかなり下のほうに、タイプライターのような字体で刻まれている。

hell is empty（地獄は空っぽ）
and all the devils are here（悪魔は全員ここにいる）

ほんとだ。おもしろい。うん。確かに。

わたしは横になりたくなる。

「本は」ウォーナーはボクサーショーツを引き上げ、ズボンのジッパーを上げる。「簡単になくなってしまう。だが言葉は、人が覚えている限り生きつづける。たとえば、タトゥーを彫れば、そうかんたんには忘れられない」彼はボタンを留める。「最近の命のはかなさを思うと、皮膚にインクで刻みつけることが必要なんじゃないかと思うんだ。タトゥーなら、われわれは世界に選ばれた者で、まだ生きているということを思い出させてくれる。われわれはけっして忘れないということを思い出させてくれるのだ」

「あなた、だれ？」

こんなウォーナー、わたしは知らない。こんな人、ウォーナーじゃない。

彼はひとりほほえみ、また腰を下ろす。「他人が知る必要はない」

「どういう意味？」

「自分が何者かは自分が知っている。わたしにはそれでじゅうぶんだ」

わたしは一瞬、押しだまる。床を見つめて顔をしかめる。「そんなに自信たっぷりで生きていくのって、きっとすばらしいんでしょうね」

「おまえも自信を持っているじゃないか。頑固で、すぐ立ち直る。勇気にあふれ、たくましい。人間離れした美しさも持っている。おまえなら世界を征服できる」

わたしは笑ってしまう。顔を上げて、彼と目を合わせる。「わたしは泣き虫よ。それに、世界征服なんて興味ない」

「そこだ、まったく理解できないのは」ウォーナーは首をふる。「おまえは怖がっているだけだ。自分の知らないことを恐れている。他人を失望させることを気にしすぎている。自分の可能性を抑えつけている。なぜかわかるか？　他人にそう期待されていると思っているからだ。自分にあたえられたルールに、まだ従っているからだ」そういって、わたしを見据える。「そんなことはやめたらどうだ？」

「そっちこそ、わたしの力を人殺しに使わせようとするのはやめて」

ウォーナーは肩をすくめる。「人殺しに使え、とは一度もいっていない。ただ、なりゆきでそういうことも起こりうる。戦争中は避けられないからな。殺人を避けることは、統計学上不可能だ」

「ふざけてるの？」

「いたって真面目だ」

「人を殺すことは、いつだって避けられるのよ、ウォーナー。戦争へ行かなければ、殺さずにすむ」

けれど、ウォーナーは満面の笑みを浮かべていて、気にもしていない。「おまえに名前を呼ばれると、じつにいい気分だ。なぜだろう」

「ウォーナーはあなたの名前じゃない」わたしは指摘する。「あなたの名前はエアロンでしょ」

彼の笑みはますます大きくなる。「じつにいい」

「自分の名前が？」

「おまえが口にするときだけだ」

「エアロン？　それとも、ウォーナー？」

彼は目を閉じ、頭を後ろの壁にあずける。頬にえくぼができる。

わたしは急に、自分がしていることにはっとする。ここにすわって、のんびりウォーナーとすごしている。まるで、時間ならいくらでもあるみたいに。この壁の外には、恐ろしい世界なんてないみたいに。わたしったら、どうしてこんなに長い時間、現実から目をそらしていられるんだろう？　今度こそ、話の方向を変えられないようにしなきゃ。心に決めて口を開けたのに、

「メモ帳を返すつもりはない」

といわれて、あっさり口を閉じてしまう。

「おまえが取りもどしたがっているのは知っている。しかし悪いが、これはわたしが永久に持っているつもりだ」ウォーナーはメモ帳をかかげて見せる。にやりと笑い、またポケットにもどす。わたしにはとても手をのばせない場所に。

「なぜ？」聞かずにはいられない。「どうして、そんなにそのメモ帳がほしいの？」彼はたっぷり時間をかけてわたしを見るだけで、質問には答えない。それから口を開く。

「暗い日々は、明るい場所を探さなくてはならない。凍てつく日々は、暖かい場所を見つけなくてはならない。希望のない日々は、視線を常に前へ上へ向けなくてはならない。悲しい日々は、心を開いて泣かせてやらなくてはならない。それから涙を乾か

し、苦痛を洗い流して、もう一度新たな明るい日々が見られるようにするのだ」

「信じられない。暗記してるなんて」わたしはつぶやく。

ウォーナーはまた後ろにもたれる。ふたたび目を閉じる。「この世界でわたしに理解できることなんて、この先もなにもないだろう。それでも、わたしたちの過ちを償えるだけの変化と希望をかき集めずにはいられない」

「それもわたしが書いた言葉？」わたしの口から手にこぼれ、さらにメモ帳の一ページに流れ出たのと同じ言葉を、ウォーナーが暗唱しているなんて、とても信じられない。彼がいま、わたしのごく個人的な考えをのぞいているということが、まだ信じられない。わたしが苦しんでいたころ、苦労して文章にし、段落に押しこんだ考えや思いを。文の初めと終わりを区切る意味しかない句読点で、いくつもつなげた思いつきを。

この金髪の青年は、口のなかにわたしの秘密をしまっている。

「ずいぶんたくさん書いたな」ウォーナーはわたしを見ずにいう。「両親のこと、自分の子ども時代のこと、他人との出来事。希望、贖(あがな)い、飛ぶ鳥を見たいということまで。苦痛についても書いてある。それから、自分を怪物だと思うのがどういうことか。ひと言話しかけただけで、相手に非難されるのがどういうことか」大きく息を吸いこむ。「読んでいると、自分を見ているような気にさせられるところが、じつに多い」小さい声でいう。「わたしにはどう表現すればいいかわからなかったことが、すべて文章になっているようだ」

わたしは自分の心臓にお願いする。どきどきしないで、しないで、しないで、しないで。

「毎日、すまないと思っている」ウォーナーの声は、息づかいとほとんど変わらなくなっている。「おまえに関する噂を信じて、すまなかった。おまえを助けていたつもりが傷つけていたことも、すまなかった。だが、わたしがこういう人間であることは、謝罪しようがない。わたしのそういう部分は、すでに終わっている。もう破壊されている。わたしはずいぶん前に、自分をあきらめた。だが、おまえをよく理解してやれなかったことは、心から悪かったと思っている。わたしのしたことはすべて、おまえがもっと強くなるのを助けたくてしたことだ。おまえに自分の怒りを道具として、武器として利用し、自分の秘められた力をコントロールできるようになってもらいたかった。おまえに世界と戦えるようになってほしかった。だから、わざとおまえを怒らせた」彼はつづける。「わたしはおまえを極限まで追いつめ、怖がらせ、うんざりさせるようなことをしてきたが、すべて故意にやったことだ。なぜなら、わたしもそうやって、この世界に渦巻く恐怖に動じない心を持つことを教えられたからだ。そうやって、反撃することを叩きこまれたからだ。だから、おまえにも教えてやりたかった。おまえには、もっとはるかにすごい人間になれる可能性があると知っていたから。わたしには、おまえのなかに眠る途方もない力が見えたから」

　ウォーナーはわたしを見ている。じっと、じっと見つめている。

「おまえはとてつもないことをするようになる。わたしには、ずっとわかっていた。たぶん、わたしもその一部になりたかったんだろう」

　わたしは努力する。懸命に努力して、彼を憎まなくてはならない理由をかたっぱしから思い出そうとする。いままで見てきた彼の恐ろしい行いを、ひとつ残らず思い出そうとする。でも、苦しいだけだった。わたしには、痛いくらいよくわかるから。苦悩がどういうことか。ほかにどうしようもなくてしてしまうことが、どういうことか。なにが間違っているか教わったことがないために、正しいと思いこんでしてしまうのがどういうことか。

　憎しみしか感じたことのない者が、世界にやさしくすることは、とてもむずかしいから。

　恐怖しか知らない者が、世界の善きものに気づくことは、とてもむずかしいから。

彼になにかいってあげたくなる。意味深く、心に訴える、忘れられない言葉をかけたい。けれど、彼はわかってくれたようだ。奇妙な笑みを浮かべている。かすかな笑みは目元までは届いていないけれど、気持ちはじゅうぶん伝わってくる。

そのとき

「仲間に伝えろ」ウォーナーがいった。「戦闘の準備をしろ。計画に変更がないかぎり、明後日、父は市民への攻撃命令をくだす。大虐殺になる。人質になっている仲間を救出する唯一のチャンスでもある。人質は第45セクター本部の低い階のどこかに収監されている。残念だが、わたしにいえるのはそれだけだ」

「どうしてそんなことを――」

「おまえがここに来た理由はわかる、ジュリエット。わたしはそこまでバカじゃない。おまえがなぜ、無理をしてわたしと話をしているのかくらい、わかるさ」

「でも、どうしてそんなにあっさり大事な情報を教えてくれるの？　わたしたちに協力してくれる理由はなに？」

彼の目にかすかに変化の色が見えた。でも、一瞬のことで、よく確かめることはできなかった。彼は慎重に普通の表情をたもっているけれど、ふたりのあいだでなにかが急に変わった気がした。空気が張りつめる。

「行け」とウォーナー。眉間にしわを寄せている。「すぐ仲間に知らせろ」

アダム、ケンジ、キャッスル、わたしの四人は、作戦を練るため、キャッスルの部屋に陣取っている。

ゆうべ、わたしはまっすぐケンジのところへ走っていき——それからキャッスルのところに連れていってもらい——ウォーナーにいわれたことを報告した。キャッスルは安堵と不安の板ばさみになっていたから、たぶん、まだその情報をちゃんと消化できていないと思う。

キャッスルは確認のため、朝、ウォーナーに会いに行くといっていた。ウォーナーがもっとくわしく話してくれないか、確かめるためだ（話してはくれなかった）。ケンジとアダムとわたしは、昼休みにキャッスルの部屋に来るようにいわれた。

というわけで、わたしたちは彼のせまい部屋で、ほかの7人といっしょにぎゅうぎゅうづめになっている。部屋に集まった顔ぶれは、再建党の倉庫へ物資の調達に出かけたときのメンバーが多い。つまり、この活動に不可欠な重要なメンバーだ。わたしはいったいいつ、キャッスルの重要なグループのひとりになったんだろう？

少し誇らしい気持ちがこみ上げてくるのを止められない。キャッスルにたよりにされていると思うと、ちょっとわくわくしてしまう。わたしも役に立てるんだ。

それに、こんな短い期間で自分がずいぶん変わったことにも驚く。わたしの人生は一転し、いまのわたしは以前よりずっと強くなったようにもずっと弱くなったようにも感じられる。もしも、アダムといっしょにいられる方法が見つかっていたら、状況は変わっていただろうか？　もしも、彼がわたしの人生にもたらしてくれた安全な場所から、勇気を出して外に出ていたら？

いろんなことを考えてしまう。

けれど、顔を上げ、彼に見つめられているのに気づいたとたん、物思いは吹き飛んでしまった。残ったのは、彼を恋しく思うつらさだけ。わたしが顔を上げたとたん、目をそらさないでくれたらいいのに、という願いだけ。

このみじめな状況は、わたしが選んだこと。自分で招いたことなのだ。

キャッスルは机の向こうにすわり、両ひじをついて組んだ両手にあごをのせている。眉間にしわを寄せ、唇をとがらせ、目の前の紙を見つめている。

5分間、黙ったまま。

ようやく顔を上げると、ケンジを見た。ケンジはキャッスルの向かいにすわり、ケンジの両側にはわたしとアダムがすわっている。「どう思う？　攻めか守りか？」

「ゲリラ戦だ」ケンジが迷わずいう。「それしかねえ」

深呼吸。「そうだな」とキャッスル。「わたしもそう思っていた」

「グループ分けする必要がある」ケンジがいう。「そっちがやるか、それともおれがやるか？」

「まずは、わたしがざっと分けてみる。変えたほうがいいところがあれば、いってくれ」

ケンジはうなずく。

「よし。じゃあ、武器は——」

「おれがやる」アダムが口を開いた。「すべての武器が手入れ・装塡ずみですぐ使えるようになっているか、おれなら確認できる。武器庫にはすっかりくわしくなったからな」

そんなこと、ぜんぜん知らなかった。

「よし。すばらしい。ひとつのグループは、基地へ乗りこんでウィンストンとブレンダンを探しだす。ほかの者は全員、居住区じゅうに散らばってくれ。われわれの任務は単純だ。できるだけ多くの市民を救う。兵士を殺すのは、どうしても必要な場合だけだ。われわれが戦う相手は兵士ではなく、彼らのリーダーだ——それをけっして忘れないように。ケンジ、君には居住区に入る各グループを監督してほしい。異存はないか？」

ケンジはうなずく。

「わたしは基地へ乗りこむグループを先導する」キャッスルはつづけた。「第45セクターに潜入するのは君とミスター・ケントが適任だが、君たちはミズ・フェラーズに同行してもらいたい。君たち三人は息の合った働きができるし、戦闘の現場では君たちの力が必要だ。さて」キャッスルは目の前で何枚もの紙を広げた。「ひと晩かけて、詳細な計画を練ったのだが――」

部屋のドアについているガラス窓を、だれかが叩いている。

比較的若い男の人で、わたしには初めて見る顔だ。生き生きした明るい茶色の瞳、髪は短く刈ってあり、何色かもわからない。眉根を寄せ、顔をこわばらせている。

「リーダー！」叫んでいる。ずっと叫んでたんだ、とわたしは気づいた。でも、彼の声はくぐもって聞こえる。そのときになってやっと、だんだんわかってきた。この部屋は防音構造になっているに違いない。あまり完璧な防音じゃないかもしれないけれど。

ケンジが椅子からぱっと立ち、ドアを引き開けた。

「リーダー！」男は息を切らしている。ここまでずっと走ってきたのは明らかだ。

「リーダー、聞いてください――」

「サミュエルか？」キャッスルは立ち上がり、机の向こうから飛び出すと、男の両肩をつかんで目を見つめようとした。「どうした――なにかあったのか？」

「リーダー」サミュエルはまた呼びかける。今度はもっと普通の声だ。荒かった呼吸はほとんど落ち着いている。「問題が――発生しました」

「すべて話してくれ――いまは隠している場合ではない。なにかあったのなら――」

「地上のこととは関係ありません、リーダー。ただ――」男がほんの一瞬、わたしのほうに目を走らせた。「われわれの……訪問者が――彼が――協力しようとしないんです。彼は――見張りの人間にさんざん面倒をかけて――」

「どんな？」キャッスルの目が険しくなる。

サミュエルは声を落とした。「彼はドアをへこませてしまったんです、リーダー。それも鋼鉄のドアですよ。おまけに脅すものだから、見張りが不安がって――」

「ジュリエット」

いや。

「君の助けが必要だ」キャッスルがわたしを見ずにいう。「気が進まないのはわかっているが、彼は君にしか耳を貸さない。それにわれわれはいま、そんなことに時間を取られている余裕はない」キャッスルの声はひどくか細く、張りつめていて、いまにもぷつんと切れてしまいそうだ。「なんとかして彼をおとなしくさせてくれ。双子が入っても安全な状態になったら、彼女たちを危険にさらすことなく彼を落ち着かせる方法が見つかるかもしれない」

わたしの目がうっかりアダムを見てしまう。彼は不満そうだ。

「ジュリエット」キャッスルの口元が引き締まる。「たのむ。いますぐ行ってくれ」

わたしはうなずき、部屋を出ようと背を向けた。

「準備をしておくように」わたしがドアから出るとき、キャッスルがつけ足した。そのつづきは、やさしい口調にはそぐわない内容だった。「われわれがだまされているのでなければ、総督は明日、無防備な市民を虐殺する。ウォーナーの情報が嘘か本当か考えている余裕はない。われわれは夜明けに出発する」

見張りの人たちは、無言でウォーナーの部屋に入れてくれた。

いまはいくつか家具が入っている室内に目を走らせると、心臓がどきどきしてきて、血のめぐりが速くなってきて、わたしは両の拳を握りしめる。なにかおかしい。なにか起きたんだ。ゆうべこの部屋を出たときは、ウォーナーのようすになにも問題はなかった。彼がこんなふうに暴れる理由なんて、想像もつかない。わたしは怖くなる。だれかが椅子を持ちこんだらしい。それを見て、ウォーナーがどうやって鋼鉄のドアをへこませたかわかった。椅子をあたえてはいけなかったんだ。

ウォーナーはその椅子にすわり、こちらに背を向けている。わたしの立っている場所からは、頭しか見えない。

「もどってきたか」彼がいう。

「もちろん、もどってきたわ」わたしは少しずつ彼に近づく。「どうしたの？　なにかまずいことでもあるの？」

彼は声を上げて笑う。片手で髪をかき上げ、天井を見る。

「なにがあったの？」わたしはすっかり心配になる。「あなたに――なにかあったの？　だいじょうぶ？」

「ここから出る。出なければならない。これ以上、ここにはいられない」

「ウォーナー――」

「彼がわたしになんといったか知っているか？　わたしになにを話したか、彼から聞いたか？」

沈黙。

「今朝、彼がいきなりわたしの部屋に入ってきた。まっすぐここにやってきて、わたしと話がしたいといってきた」ウォーナーはまた笑う。うるさいくらい大きな声で笑い、首をふる。「わたしは変われるといってきた。ここにいるほかの連中と同じように、神から授かった力があるかもしれないといわれた。わたしに特殊な能力があるといっているんだろう。それで、わたしは変われるといわれたんだ、ジュリエット。わたしが望みさえすれば変われると、彼は信じているんだと」

キャッスルはそういったんだ。

ウォーナーは立ち上がったものの、こちらを向いてはくれない。シャツは着ていない。わたしに背中の傷や〝IGNITE〟のタトゥーを見られるのを気にもしていないようだ。髪はぼさぼさで顔にかかっている。ズボンのジッパーは上げてあるけれど、ボタンは留めていない。こんなにだらしない姿の彼はいままで見たことがない。腕をのばして両手を石の壁に押しつけ、祈るように体をかがめてうつむいている。全身が固く張りつめ、筋肉がこわばっている。服は床に重ねられ、マットレスは部屋の真ん中にあり、さっきまですわっていた椅子は、なにもない壁に向けられている。彼はおかしくなりかけている。

「そんなこと、信じられるか?」ウォーナーはまだこちらを見てくれない。「ある朝目が覚めたとたんに変われるなどと、彼が本気で考えていると思うか? 陽気な歌をうたい、貧しい者に金を恵んでやり、自分のしてきたことを許してくださいと世の中に懇願しろというのか? そんなことが可能だと思うか? わたしが変われると思うか?」

ウォーナーがやっとこちらを向いた。目が笑っている。夕日にきらめくエメラルドのような目をして、口をひくひくさせて微笑みをこらえている。「おまえは、わたしが変われると思うか?」彼がこちらへ数歩近づいてくる。わたしはなぜか、呼吸が苦しくなる。

「単なる質問だ」彼が目の前にいる。わたしには、彼がどうやってここまで来たのかもわからない。彼はまだわたしをじっと見ている。その目はわたしをうろたえさせ、同時にまばゆく輝く。わたしにはなぜなのかわからない。

わたしの心臓はおとなしくなる気配がない。脈が飛ぶ、飛ぶ、飛ぶ。

「教えてくれ、ジュリエット。わたしをどう思っている? おまえの本心を知りたい」

「どうして?」なんとかつぶやくような声で聞き返し、時間を稼ぐ。

ウォーナーの口が両端をぴくりと上げ、笑みを作ってから、わずかに開いた。ほんの少しだけ開いて、好奇心にかられたような奇妙な表情になる。その表情は目元にそのまま残っているけれど、彼は答えない。なにもいわない。ただこちらに近づいて、わたしのようすを観察している。わたしはその場に凍りつき、彼が話さない秒数で口がいっぱいになる。わたしは自分の体のすべての原子と闘う。こんなにも彼に惹かれている、自分の体の愚かな細胞すべてと闘う。

ああ。

どうしよう。

~~怖いくらい彼に惹かれている。~~

わたしのなかで罪悪感がふくらんでいく。罪悪感は骨の上に山積みになり、わたしをまっぷたつにへし折ろうとする。首にはケーブルが巻きつき、キャタピラがお腹を轢(ひ)いていく。決断できないまま、夜がすぎ、真夜中がすぎ、明け方になっていく。秘密が多すぎて、これ以上抱えきれない。

~~自分がなぜこれを望んでいるのか、わからない。~~

わたしは恐ろしい人間。

そして彼は、わたしの考えていることが**わかる**ようだ。わたしの頭のなかで変化が起きているのを感じとれるみたい。そう思ったのは、彼のようすが急に変わったからだ。元気がなくなり、まなざしに影が差し、不安げで傷つきやすそうに見える。唇には力がなく、かすかに開いたままだ。室内の空気はいまやぴんと張りつめて、綿がいっぱいにつまっているみたい。頭のなかを勢いよくめぐる血が、脳の理性をつかさどる部分に片っぱしから衝突するのを感じる。

お願い、だれか、息の仕方を思い出させて。

「なぜ、わたしの質問に答えない？」ウォーナーがわたしの目の奥をのぞきこんでくる。その激しさに負けない自分に驚いてしまう。そのとき気づいた。まさにその瞬間、彼のすべてが激しいことに気づいた。彼には扱いやすいところも、容易に分類できるところもない。彼は過剰だ。なにもかもが過剰だ。感情も、行動も、怒りも、攻撃も。

~~愛情も。~~

彼は危険で、電気と同じ。ひとところに閉じこめておくことは不可能なのだ。彼の体は、落ち着いているときでさえ、手でさわれそうなほど激しいエネルギーで波立っている。それくらいとてつもないエネルギーを秘めている。

なのにわたしは、ウォーナーの本来の人格に、彼がなれるかもしれない人格に、奇妙なほどの信頼を抱いて驚いている。野良犬にえさをやる１９歳の青年の姿を見つけたい。過酷な子ども時代と虐待する父親を持つ青年を信じたい。彼を理解したい。解明したい。

彼は無理やりはめこまれた人格以上の人間であると信じたい。

「あなたは変われると思う」そう答える自分の声が聞こえた。「だれだって変われる」

彼はほほえんだ。

うれしそうなほほえみが、ゆっくりと広がっていく。彼は急に吹きだして顔を輝かせ、ため息をつく。そして目を閉じる。感じ入ったような、とてもおもしろがっているような顔になる。「じつにいい答えだ。耐えがたいほどすばらしい。本気でそう思っているのだろう」

「もちろん」

彼はやっとわたしを見ると、ささやいた。「だが、おまえは間違っている」

「どこが？」

「わたしは冷酷な人間だ」その言葉は冷たく、虚ろで、自分に向かっていっているようだった。「わたしは冷酷で残忍な悪人だ。民衆の気持ちなど気にしない。彼らの恐怖も未来も、どうでもいい。彼らがなにを望もうが、家族があろうがなかろうが構わない。しかも、それを悪いとも思っていない。わたしは自分のしてきたことを、なにひとつ悪いと思ったことはない」

少しして、わたしはわれに返った。「でも、わたしにあやまったじゃない。ゆうべ、あやまってくれたでしょ――」

「おまえは他の連中とは違う。おまえは特別だ」

「どこも違わないわ。わたしはどこにでもいるただの人間、ほかのみんなと同じ。それに、あなたの心にはまだ後悔する余地がある、同情できることを証明してくれたじゃない。わたしにはわかる。あなたはやさしくもなれる――」

「それはわたしではない」彼の声が急に強くなる。急にかたくなになる。「それに、変わるつもりもない。この十九年のみじめな人生を消すことはできない。自分のしてきたことを忘れることはできない。ある朝目覚め、借り物の希望と夢をたよりに生きていくと決意するわけにはいかない。明るい未来を約束するという他人の言葉にすがるわけにはいかない。

それに、おまえに嘘をつくつもりもない。他人を気にかけたことは一度もない。犠牲もはらわないし、妥協もしない。わたしは善良でも、公平でも、親切でもないし、この先そうなることもない。なれないのだ。そういう人間になろうとするのは、気恥ずかしくてならない」

「どうして？」わたしは彼を揺さぶりたくなる。「良い人間になろうとすることを、どうして恥ずかしいなんて思えるの？」

けれど、彼は聞いていない。笑っている。「だいたい、想像できるか？　わたしが幼い子どもたちに笑いかけたり、誕生日パーティーでプレゼントを渡したりするところを？　わたしが知らない人間を助けているところを？　近所の飼い犬と遊んでいるところを？」

「ええ」わたしは答える。「ちゃんと想像できるわ」すでに、そういうあなたを見たことがあるもの、とはいわない。

「できるわけがない」

「どうして？」わたしは食い下がる。「どうして、信じられないの？」

「そんな人生は、わたしにはありえない」

「でも、どうして？」

ウォーナーは5本の指を握って開き、髪をかき上げた。「感じるからだ」声が小さくなっている。「ずっと感じてきたからだ」

「なにを？」わたしも小さい声になる。

「他人がわたしをどう思っているかを」

「え……？」

「人の感情――エネルギー――それが――なにかはわからない」ウォーナーは苛立って後ろによろけ、首をふる。「昔からいつもわかるんだ。人がどれだけわたしを憎んでいるか。父がわたしをいかに気にかけていないか。母が心のなかでどれだけ苦しんでいるか。おまえがほかのだれとも違うことも」彼は声をつまらせる。「わたしを憎んでいないというときのおまえが、本当のことをいっているのがわかる。憎みたいのに憎めないというときのおまえも。おまえの心には悪意がないからな。わたしに向けた悪意がない。もしあれば、わたしにはわかる。あのときもわかった」彼の声が自制心でかすれる。「わたしとキスをしたとき、おまえがなにかを感じたことが。わたしが感じたのと同じことを感じて、おまえはそれを恥じていた」

わたしはパニックをまきちらす。

「どうして、そんなことがわかるの？　ど、どうして――そんなこと、わかるはずがない――」

「おまえのようにわたしを見てくれた人間は、いままでひとりもいなかった」ウォーナーはささやく。「おまえのように話しかけてくれた人間は、だれもいなかったんだ、ジュリエット。おまえはほかの人間とは違う。まるで違う。おまえなら、わたしを理解できるだろう。だが、残りの世界はわたしの同情など望んでいない。わたしのほほえみなど望んではいない。キャッスルはこの法則における、世界でたったひとりの例外だ。わたしを信頼し、受け入れようという彼の熱意は、この抵抗活動がいかに弱いかを示しているだけだ。ここの連中はだれひとり、自分たちのしていることをわかっていない。そして、全員、殺されに行こうとしている――」

「そんなの嘘よ――嘘にきまってる――」

「聞け」ウォーナーは切迫した口調になっている。「いいかげん、理解しろ――この腐った世界で重要なのは、真の力を持つ者だけだ。そしておまえには、おまえには力がある。この地球を揺さぶり――支配できる力が。とはいえ時期尚早だ。おまえが自分に秘められた可能性を認識するには、もっと時間が必要だろう。しかし、わたしはずっと待っている。この先もずっと、おまえを味方にしたいと思っている。なぜなら、わたしたちふたりが組めば――ふたりなら」言葉がとぎれた。息を切らしているようだ。「想像できるか？」彼の目がじっとわたしの目を見つめる。眉根を寄せて、わたしを観察している。「もちろん、できるはずだ」彼はささやく。「おまえはずっとそのことを考えている」

わたしは息をのむ。

「おまえはこんなところにいるべきではない」ウォーナーはいう。「おまえはここの仲間ではない。連中に引っぱりこまれたら、殺されるだけだ――」

「ほかに選択肢はないのよ！」わたしは怒っている。憤慨している。「なんとかしようとしている人たちと――変化を起こそうとしている人たちと、ここにいるほうがいい！　少なくとも、彼らは罪のない人々を殺したりはしない――」

「自分の新しい仲間は、いままでだれも殺したことがないと思っているのか？」ウォーナーは声を荒げてドアを指さした。「アダム・ケントがだれも殺したことがないと思っているのか？　ケンジが他人を撃ったことがないと？　ふたりとも、わたしの兵士だったんだぞ！　彼らが人を殺すところを、わたしはこの目で見ている！」

「それは生き延びるためにしたことだわ」わたしはいい返す。想像がもたらす恐怖をふりはらい、懸命に無視しようとする。「ふたりとも、再建党に忠誠心を持っていたわけじゃない」

「再建党への忠誠心など、わたしも持ってはいない。わたしが忠誠を示すのは、生きる方法を知っている者たちに対してだ。このゲームにはふたつの選択肢しかないんだ、ジュリエット」ウォーナーの息づかいが荒くなっている。「殺すか、殺されるかだ」

「違う」わたしは後ずさりながらうったえる。吐き気がする。「そんなふうに決めつけるのはおかしい。そんなふうに生きなきゃいけないわけがない。お父さんから、そんな暮らしから、逃げればいいじゃない。お父さんの望む人間になんか、なることない――」

「もう、とっくに壊れているんだ。もう遅い。わたしはすでに自分の運命を受け入れている」

「だめ――ウォーナー――」

「おまえにわたしの心配をしてくれといっているのではない。自分の未来がどんなものかくらい、はっきりわかっているし、それでかまわない。ひとりで生きていくことに、満足している。残りの人生をひとりですごすことなど、怖くはない。孤独など恐れてはいない」

「そんな人生を送ることないわ。ひとりぼっちでいることなんてない」

「ここに残るつもりはない」ウォーナーはいう。「おまえにそれを知ってほしかっただけだ。わたしはここから脱出する方法を見つけ、チャンスを見つけ次第、出ていく。わたしの休暇は正式に終了だ」

4 戦闘

チク、タク、チク、タク。

キャッスルが緊急ミーティングを開き、みんなに明日の作戦の詳細を伝えることになった。出発まで12時間を切っている。わたしたちは食堂に集まった。そこなら全員がすわれる。

わたしたちは最後の食事をすませ、緊急の会話を交わし、緊迫した2時間をすごした。張りつめた短い笑い声に満ちていたけれど、笑っているというよりむせているように聞こえる。セアラとソーニャが最後にそっと食堂に入ってきて、わたしに気づくと、そろってさっと手をふり、部屋の反対側の席につく。キャッスルが話しだす。

全員、戦うことになる。

すべての健康な男女は戦いに参加する。戦闘に出られない高齢者は、子どもたちとここに残ってもらう。ジェイムズとその友人たちも、子どもだ。

ジェイムズはいま、アダムの手をぎゅっと握っている。

アンダースン総督の狙いは一般市民だ、とキャッスルはいう。人々の再建党に対する怒りと暴動は、いままでになく激しくなっている。前回のわれわれの戦いが、人々に希望をあたえたのだ。それまで単なる噂でしかなかった抵抗活動が、あの戦闘で実在のものだとわかったのだ。人々はわれわれに援助と加勢を期待している。そしてわれわれは、いま初めて、それぞれの授かった特殊な力で堂々と戦うことになる。

一般の居住区で。

そこで市民は、われわれの本来の姿を目にすることになる。

キャッスルはわたしたちに、双方からの攻撃に備えるようにいう。人はときに、おびえている場合は特に、われわれのような人間を見て好意的な反応をしないことがある。未知のものや説明不能のものよりも、よく知っている恐怖のほうがマシだと考えることがある。したがって、われわれが公然と姿をあらわせば、人々にとってわれわれの存在は新たな敵になるかもしれない。

そういう事態に備えておかなくてはならない。

「どうして、そんな人たちの心配をしなきゃならないの？」部屋の後ろから、だれかが叫んだ。女の人が立ち上がった。まっすぐでつややかな黒髪が豊かに腰までたれ、目が蛍光灯の下で光っている。「なんで、わたしたちを憎んでいる人たちを守ってやらなきゃならないわけ？　ばかばかしい！」

　キャッスルは大きく息を吸いこんだ。「たったひとりの愚か者のために、全員を見捨てることはできない」

「たったひとりってことはないだろ？」新たな声が上がった。「おれたちを攻撃してくる連中は、何人くらいいるんだ？」

「それは知りようがない」キャッスルはいう。「ひとりかもしれないし、いないかもしれない。わたしはただ、用心するようにと忠告しているだけだ。市民には罪がなく、武器もないことを、けっして忘れないでほしい。彼らは不服従を理由に殺される――意見をいったり、まともな扱いを求めるだけでも殺される。彼らは飢え、家や家族を失っている。君たちもきっと理解できるはずだ。君たちの多くも家族を失ったり、離散したりしているだろう？」

　低いざわめきが広がる。

「想像してみてほしい。一般市民のなかに、自分の母親がいたら。父親がいたら。兄弟や姉妹がいたら。彼らは傷つき、打ちのめされている。われわれは微力をつくして彼らを助けなければならない。それしか道はない。われわれは人々にとって、唯一の希望なのだ」

「おれたちの仲間はどうなる?」べつの男が立ち上がる。40代後半で、肉づきがよくがっしりしていて、そびえるように背が高い。「人質になったウィンストンとブレンダンを取りもどせる保証がどこにある?」

キャッスルの目が一瞬、下を向く。その目によぎった苦悩に気づいたのは、わたしだけだろうか? 「保証はない。まったくない。しかし、最善を尽くす。われわれはあきらめない」

「じゃあ、総督の息子を人質にとった意味はなんだったんだ?」男は反論する。「なぜ、さっさと殺さない? なぜ、いつまでも生かしておく? あいつはなんの役にも立たない。おれたちの食料を食い、おれたちが利用するはずの資源を使っているんだぞ!」

みんなは激しい怒りにかられて騒ぎだした。だれもがいっせいに叫んでいる。「やつを殺せ!」、「総督に思い知らせてやれ!」、「声明を発表しろ!」、「死んで当然だ!」と怒鳴っている。

わたしは急に胸が締めつけられる。過呼吸になりかけて、初めて気づいた。ウォーナーが死ぬなんて、いや。

そう気づいて、怖くなる。

違う反応を求めてアダムを見る。わたしはなにを期待していたんだろう？　彼の目と額の緊張感、口元のこわばりを見て、驚くなんて。アダムから憎悪以外のものを期待していたなんて。わたしは馬鹿だ。もちろん、アダムはウォーナーを憎んでいる。当然だ。

ウォーナーに殺されかけたのだから。

当然、アダムもウォーナーの死を望んでいる。

わたしは吐きそうになる。

「静かに！」キャッスルが声を張り上げる。「動揺するのはわかる！　明日は困難な局面が待っているのだから。しかし、敵意をひとりの人物に向けている場合ではない。その気持ちを明日の戦いの燃料にして、団結しなければならない。なにがあっても、けっして分裂してはならない。いまはぜったいに！」

6秒の沈黙。

「ウォーナーが死ぬまで、戦わないぞ！」

「今夜、殺せ！」

「いますぐ始末しろ！」

怒りでどよめく。決然とした醜い顔、顔、顔。冷酷な怒りにゆがんだ顔は、ひどく残忍で恐ろしい。オメガポイントの人たちがこんなにも激しい憤りを抱えていたなんて、いままでぜんぜん気づかなかった。

「静かに！」キャッスルの両手が上がり、目が燃える。室内のすべてのテーブルと椅子が、ガタガタ揺れはじめる。人々は怒りを忘れ、おびえ、うろたえてきょろきょろしている。

みんなはまだ、キャッスルの権威を失墜させる気はないのだ。少なくとも、いまは。

「われわれが人質にとった人物は」キャッスルが口を開く。「もはや人質ではない」

まさか。

ありえない。

そんなこと、あるわけない。

「今夜、彼がオメガポイントでの保護を求めてきた」

わたしの脳は悲鳴を上げ、キャッスルがたったいま口にした22文字の言葉に怒りくるう。

そんなの嘘だ。ウォーナーは出ていくと行っていた。ここから抜け出す方法を見つけるといっていた。

けれど、オメガポイントの人たちは、わたしよりはるかにショックを受けていた。アダムでさえ、わたしの隣で怒りに震えている。わたしは怖くて、彼の顔が見られない。

「静かにしてくれ！　たのむ！」キャッスルはすさまじい抗議を鎮めようと、片手を突きだす。

「最近わかったことだが、ウォーナーにも特殊な能力がある。彼はわれわれの仲間になりたいといっている。明日はともに戦うといっている。父親を敵に回して戦い、ブレンダンとウィンストンを探しだすのに協力するといっているのだ」

混乱

混乱

混乱

が部屋じゅうで爆発する。

「嘘にきまってる！」

「証明してみろ！」

「どうして彼を信用できる？」

「自分の仲間を裏切るやつだ！　おれたちのことも、どうせ裏切る！」

「あんなやつといっしょに戦えるか！」

「まず、あいつを殺してやる！」

キャッスルの目が険しくなり、蛍光灯の下でぎらりと光ると、両手がさっと動いて、部屋じゅうのあらゆる皿、あらゆるスプーン、あらゆるグラスを空中に集めて静止させた。口をきけるものならきいてみろ、怒鳴れるものなら怒鳴ってみろ、反論できるものならしてみろ、というように。

「彼には指一本触れさせない」キャッスルは声をおさえて話しだした。「わたしは特殊な能力を持つ仲間を助けると誓った。いま、それを破るつもりはない。自分のときはどうだったか、考えてみろ！」声を荒げる。「特殊な力に気づいた日のことを思い出せ！　孤独と孤立と恐怖に押しつぶされそうだったときのことを！　家族や友人に見捨てられたことを！　彼は変わるはずがないと思うか？　なら、君たちはどうだ？それでも彼を非難するのか！　赦（ゆる）しを乞う、君たちと同じ仲間を非難するのか！」

　キャッスルはあきれた顔をしている。

「もし彼がわれわれのだれかひとりでも傷つけるようなことをしたら、誠意がないことを証明するようなことをひとつでもしでかしたら――そのときは、好きなだけ彼を非難すればいい。だが、まずは彼にチャンスをやろうじゃないか？」キャッスルはもう怒りを隠そうともしない。「彼は、人質にされたわれわれの仲間を探しだすのに協力するといっている！　自分の父親である総督と戦うといっている！　われわれが利用できる貴重な情報を握っている！　そんなチャンスをつかむのを、なぜためらう？　彼はまだ十九歳の子どもだぞ！　しかも、彼はひとりで、こちらは大勢だ！」

みんなは静かになり、小声でささやきあっている。「世間知らず」「馬鹿げている」「おれたち全員、死なせるつもりか！」といった会話の断片が聞こえるけれど、だれも声を上げて発言することはなく、わたしはほっとした。そんなふうに思う自分が信じられない。ウォーナーがどうなるかなんて、ぜんぜん気にならなければいいのに。彼に死んでほしいと思えたらいいのに。彼に対してなにも感じなかったらいいのに。

でも、そんなこと、無理。無理。無理。無理。

「どうしてわかる？」だれかがたずねた。新しい声だ。落ち着いていて、理性を失うまいとしている声。

わたしの隣にすわっている人の声。

アダムが立ち上がり、ぐっと感情をのみこむ。「彼に特殊な力があると、どうしてわかる？　確かめたのか？」

アダムがこちらを見ている。キャッスルもわたしを見ている。さあ話せと目でうったえる。わたしは部屋じゅうの空気を吸いつくしてしまったような、熱湯のなかに投げこまれたような、もう心臓が動かなくなってしまったような気持ちになって、祈り、望み、懇願し、切望する。どうか、キャッスルが次の言葉をいいませんように。それでも、彼はいってしまう。

当然だ。

「ああ。ウォーナーも、君と同じように、ジュリエットにさわれることがわかったのだ」

ただ息をするだけの6ヵ月をすごしたような感じ。

筋肉の動かし方を忘れ、これまでの人生のいやだった瞬間をすべて追体験し、皮膚の下からすべてのトゲを必死でとりのぞこうとしているみたい。目が覚めたら、ウサギの穴に落っこちて、青いワンピースを着た金髪の少女にしつこく道を聞かれても答えられず、まったくわからず、何度しゃべろうとしても喉に雨雲がつまっているような感じ。だれかが海から水を抜き、静けさでいっぱいにして、それをこの部屋にぶちまけたみたい。

そんな感じ。

だれも口をきかない。だれも動かない。だれもがじっと見つめている。

わたしを。

アダムを。

わたしを見つめているアダムを。

彼の目は大きく開き、せわしなくまばたきして、表情が次々に変わる。混乱、怒り、苦悩、混乱、ひどい混乱。そしてかすかな裏切りの色、疑いの色、さらに大きな混乱の色。さらなる苦悩。わたしは死にかけた魚のように口をぱくぱくさせている。なにかいって。せめて、なにか聞くとか、責めるとか、詰問するとかしてほしい。でも、アダムはなにもいわず、ただわたしを見つめている。そのとき、彼の目から光が消えた。怒りが苦悩と大きな無力感にとって代わられたに違いない。彼は腰を下ろした。

わたしのほうは見ない。

「アダム――」

彼は立ち上がる。立ち上がる。立ち上がって、足早に食堂を出ていこうとする。わたしはあわてて席を立ち、彼を追ってドアから出る。後ろでどっと騒ぎだすのが聞こえる。みんなはまた激しく怒鳴っている。わたしはもう少しでアダムにぶつかりそうになり、息をのむ。彼がくるりとふり向いた。

「わからない」ひどく傷ついているような彼の目は、とても深く、どこまでも青い。

「アダム、わたし――」

「あいつは君にさわったのか」質問じゃない。アダムはわたしと目も合わせられず、自分の言葉にとまどうようにつづけた。「あいつは君の肌に触れたのか」

それだけならよかったのに。そんな単純なことだったら。わたしの血の激しい流れを止められたらいいのに。頭のなかから、ウォーナーを追い出せたらいいのに。わたしがこんなにうろたえている理由も、追い出せたらいいのに。

「ジュリエット」

「ええ」わたしはほとんど唇を動かさずに答える。彼の質問じゃない質問の答えは、イエスだ。

アダムは手を口にあて、顔を上げ、目をそらし、信じられないというように奇妙な音を立てる。「いつ?」

わたしは答える。

いつ、どんなふうに起こったのか、すべてがどう始まったのかを話す。いつものようにウォーナーから着ろといわれたワンピースを着ていたこと、わたしが窓から脱出する直前にウォーナーが止めようと体当たりしてきたこと、そのとき彼の手がわたしの脚にかすったこと、わたしに触れたのに彼は平気だったこと。

ふたたびウォーナーに捕まるまで、わたしは気のせいだと思いこもうとしていたことも話す。

けれど、ウォーナーに会いたかったといわれたことは話さない。彼に愛しているといわれてキスされたこと、荒々しく情熱的にキスされたことは話さない。ウォーナーの愛情に応えるふりをして、彼のコートのなかに手をのばし、内ポケットの銃を奪ったことも。ウォーナーの腕に抱かれたときの自分の気持ちに驚いたことも、ショックだったことも。そのときの妙な感覚をふりはらったのは、ウォーナーを憎んでいたから、彼がアダムを撃ったことがショックで、彼を殺してやりたいと思っていたからだということも。

アダムに話すのは、わたしがもう少しでするところだったことだけ。もう少しでウォーナーを殺すところだったことだけ。

そしていま、アダムはまばたきしながら、いま聞いた話を消化しようとしている。

わたしが隠していることは、なにも知らずに。

わたしは本当に怪物だ。

「アダムには知られたくなかったの」わたしはやっとの思いでいう。「わたしたちの関係が複雑になりそうだったから――そうでなくても、いろいろあったし――それで、このことは無視したほうがいいと思ったの」言葉を探しても、見つからない。「でも、バカだった。わたしがバカだった。ちゃんとアダムに話すべきだったと思う。ごめんなさい。本当にごめんなさい。こんなかたちで、あなたに知られたくなかった」

アダムは荒い息をして、頭の後ろをさすり、髪をかき上げる。「おれには――わからない――なぜ、あいつが君にさわれるんだ？　おれと同じなのか？　あいつもおれと同じことができるのか？　わからない――まさか、ジュリエット、そういえば君はずっとあいつとふたりきりでいた――」

「なにもなかったわ。話をしただけ。彼がわたしに触れようとしたこともない。どうして彼がわたしにさわれるのかは、わからない――だれにもわからないと思う。まだ彼はキャッスルと検査を始めていないし」

アダムはため息をつき、片手で顔をなでると、口を開いた。わたしにだけ聞こえる、とても小さい声で。「おれ、なんで驚いてるんだろうな。おれもあいつと同じ、ろくでもないDNAを持っているんだ。当たり前だ」小声で悪態をつく。もう一度つく。「そもそも、おれにひと息つけるときなんか来るのか？」声を荒げ、だれにともなくいう。「不愉快なことに直面しなくていい日なんか、来るのか？　まったく。この頭のおかしくなりそうな日々は、永遠に終わらない気がする」

そんなことない、といってあげたい。

「ジュリエット」

その声に、わたしは凍りつく。

目を固く閉じる。ぎゅっと閉じて、自分の耳を信じるのを拒否する。ここにウォーナーがいるはずはない。もちろん、ない。あの部屋を出てここに来るなんて、不可能だ。でも、そのとき思い出した。彼はもう人質じゃない、とキャッスルはいっていた。キャッスルがあの部屋から出してやったに違いない。

そんな。

まさか。

こんなことがあっていいわけがない。たったいま、わたしとアダムのすぐそばに、ウォーナーが立っているなんて。また、こんなふうになるなんて。いろいろあった後だというのに、こんなことあっていいわけがない。

ところが、アダムはわたしの肩ごしに目をやった。わたしの後ろにいる人物を見る。わたしが必死で無視しようとしている人物を見ている。わたしは目を上げられない。

これから起こることを見たくない。

アダムの口調は辛辣だった。「ここでいったい、なにをしている？」

「また会えてうれしいよ、アダム・ケント」ウォーナーがほほえんでいるのが、声でわかる。「話し合いが必要だ。新たな発見があったからには、なおさらだ。わたしはこれまで、おまえとこんなに多くの共通点があるとは知らなかった」

ええ、知ってるわけないわよ。わたしは声に出していいたかった。

「くそ野郎」アダムが低い声でつぶやく。

「まったく不適切な言葉だ」ウォーナーは首をふる。「そういう粗暴な言葉を用いるのは、自分の考えを的確に表現できない者だけだ」少し休む。「わたしが怖いのか、ケント？　わたしがいると不安になるか？」声を上げて笑う。「必死で落ち着こうとしているように見えるぞ」

「殺してやる――」アダムが突進してウォーナーの喉をつかもうとした瞬間、ケンジが体当たりしてきた。あいだに割って入り、うんざりした顔でふたりを引き離す。

「おまえら、なにやってるのかわかってんのか？」ケンジの目は怒りに燃えている。

「気づいてないんだろうが、ドアの真ん前に突っ立って、子どもたちをちびるほど怖がらせてるんだぞ。ケント、たのむから落ち着いてくれ」アダムがいい返そうとすると、ケンジがさえぎった。「いいから、聞け。ウォーナーが自分の部屋を出てなにをやってるのかは知らねえが、そんなのおれの知ったことじゃねえ。この件の担当はキャッスルだ、それを尊重しろ。ただ殺したいって理由で、人を殺されちゃたまらねえ」

「こいつは、おれを拷問で殺そうとしたんだぞ！」アダムは怒鳴る。「自分の兵士を使っておまえをぶちのめしたのも、こいつだぞ！　それでも、おれにこいつといっしょに暮らせというのか？　こいつとともに戦えと？　なにも問題ないふりをしろと？　キャッスルはどうかしているんじゃないか——」

「キャッスルは自分のしていることを、ちゃんとわかってる」ケンジはぴしゃりという。「おまえが意見をいう必要はねえ。キャッスルの指示に従え」

アダムは激怒して両手をふり上げる。「こんなこと、信じられるか。ジョークだ！　こんなことをするやつが、どこにいる？　人質を、まるで避難民をかくまうように扱うやつが？」また怒鳴る。もう声を落とそうともしない。「あいつは基地にもどって、ここのことをくわしく報告するかもしれない——おれたちのいる正確な場所を、軍に漏らすかもしれないんだぞ！」

「それは不可能だ」ウォーナーがいう。「ここがどこか、わたしにはわからない」

アダムが勢いよくウォーナーのほうを向く。わたしもすばやくそっちを向く。アダムのすることが見えた。アダムは叫んでいる。なにかいっている。いまにもこの場でウォーナーにつかみかかりそうだ。ケンジが彼を抑えようとしている。けれど、わたしには自分のまわりの音がほとんど聞こえない。頭のなかで血管がうるさいくらいドクンドクンと脈打ち、目はまばたきを忘れている。ウォーナーがわたしを見ているから。わたしだけを見つめる彼の目は熱く、力に満ちていて、胸が締めつけられるほどの強さがあって、わたしは完全に動けなくなってしまう。

ウォーナーの胸は呼吸に合わせて力強くふくらむ。わたしの立っているところからでもはっきり見える。周囲の騒ぎなど、気にもしていない。食堂の混乱も、自分をぶちのめそうとしているアダムのことも意に介さず、その場からまったく動かない。ウォーナーは目をそらしそうにないので、わたしのほうがそうするべきだ。

わたしは顔をそむけた。

ケンジがアダムに落ち着けと怒鳴っている。わたしは手をのばし、アダムの腕をつかんで、小さくほほえんだ。アダムは静かになった。「さあ、なかにもどりましょう。キャッスルの話はまだ終わってない。ちゃんと聞かなきゃ」

アダムはどうにか落ち着きをとりもどした。深呼吸して、さっとうなずくと、わたしに手を引かれて素直に歩いてくれた。わたしは懸命にアダムだけに集中し、ウォーナーなんてここにはいないかのようにふるまう。

そんなわたしの計画を、ウォーナーは快く思わなかった。

わたしたちの前に立ちふさがる。思わずウォーナーに目をやると、いままで見たことのないものが見えた。こんな、こんな

苦悩は見たことがない。

「どけ」アダムが吐き捨てても、ウォーナーは気づいてもいないようだ。

ウォーナーはわたしを見ている。アダムの袖におおわれた腕をつかむわたしの手を見つめている。その目に浮かぶ苦しみに、わたしは脚から力が抜け、しゃべれなくなる。しゃべるべきじゃないし、しゃべれたとしてもなんていえばいいのかわからない。

そのとき、彼がわたしの名前を口にする。もう一度、口にする。「ジュリエット——」

「どけ！」アダムがまた怒鳴り、今度は抑えきれずに床に倒すほどの勢いでウォーナーを突き飛ばす。ただし、ウォーナーは倒れなかった。ほんの少し後ろによろけただけだったけれど、それがウォーナーのなかで、なにかの引き金を引いたらしい。解き放たれるときを渇望していた眠れる怒りのようなものが目覚め、ウォーナーはいきなり突進した。相手を殺しかねない勢いに、わたしは止める方法を探す。なんとかしな

きゃ。そして、愚かなことをした。

　愚かにも、ふたりの真ん中に立ったのだ。

　アダムがわたしをつかんで引きもどそうとしたけれど、わたしはすでに自分の手のひらをウォーナーの胸に押しつけていた。自分でもなにを考えているのかわからない。いや、なにも考えていなくて、それがまずかったのだろう。わたしはここに、ほんの一瞬、たがいを殺そうとしている2人の兄弟のあいだに立ってしまった。ところが、この状況をなんとかしたのは、わたしではなかった。

　ケンジだ。

　兄弟それぞれの腕をつかんで、力づくで引き離そうとした。そのとたん、ケンジの喉から鋭い叫び声が上がった。頭のなかから消し去りたくなる、苦痛と恐怖の叫び声。

　ケンジは倒れる。

　床に倒れる。

　苦しそうにむせ、あえぎ、床の上でもがいていたかと思うと、ぐったりした。ほとんど息ができなくなり、やがて動かなくなって、身じろぎもしなくなった。わたしは悲鳴を上げていると思う。この声はどこから聞こえてくるのかと、自分の唇をさわってばかりいる。わたしはがっくりと両ひざをつく。ケンジを揺さぶって目を覚まさせようとする。でも彼は動かず、反応もない。わたしには、いったいなにが起きたのかわからない。

ケンジが死んでしまったのかどうかも、わからない。

わたしはぜったい悲鳴を上げている。

何本かの腕に床から引っぱり上げられるまま、聞こえてくる声や物音には構いもしない。わたしにわかるのは、これだけ。こんなこと、起きてはいけない。ケンジの身に起きてはいけない。笑顔の後ろにいつも秘密を隠している、愉快で厄介なわたしの友だちには、起こってはいけない。わたしは自分を止める手をふりはらい、なにがなんだかわからないまま食堂に駆けこんだ。たくさんの顔がぼやけて背景に溶けこむ。わたしが見たい顔はただひとつだから。それは紺のブレザーを着て、ドレッドヘアをポニーテイルに結んだ人。

「キャッスル！」わたしは叫んでいる。まだ叫んでいる。転んだのかもしれない。よくわからないけれど、ひざ小僧が痛くなってきた。それでも構わない、構わない、構わない――「キャッスル！　ケンジが――ケンジが――お願い――」

キャッスルが走るのを見たのは、初めてだ。

人間とは思えない速さで食堂を突っきり、わたしの横を通りすぎて廊下に飛び出す。食堂ではみんなが立ち上がり、逆上している。怒鳴ったり、あわてふためいたりしている人もいる。わたしがキャッスルを追って廊下に出ると、ケンジはまだそこにいた。まだ、ぐったりと横たわって動かない。

ぴくりともしない。

「双子はどこだ?」キャッスルが声を張り上げる。「だれか――ふたりを呼んでこい!」ケンジの頭を抱え、彼の重い体を両腕で抱こうとしている。キャッスルのこんな口調を聞くのは初めてだった。人質になった仲間のことを話すときでさえ、こんなふうにはならなかった。アンダースン総督が市民に対してしたことを話すときでさえ、こんなじゃなかった。見回すと、オメガポイントの仲間がまわりに立っていた。みんな悲痛な顔をしていて、すでに泣きだし、おたがいにすがりついている人がたくさんいる。それを見て、気づいた。わたしはケンジのことを、ちゃんとはわかっていなかったんだ。彼の人柄の大きさをわかっていなかった。ここの人たちにとって彼がどれだけ大切な存在か、まるでわかっていなかった。

彼がどれだけ愛されていたかも。

わたしはまばたきをする。アダムは50人に混ざってケンジを運ぶのを手伝おうとしている。みんな、走っている。万にひとつの希望にすがっている。だれかが叫んだ。「双子は医療棟へ行った！　彼のベッドの用意をしている！」飢えた人が食べ物に殺到するように、だれもがケンジたちを追って走っている。どこが悪いのか知りたがっている。これでもう、だれもわたしには目もくれなくなるだろう。だれも目を合わせてくれなくなるだろう。わたしはひとり離れて角を曲がり、暗がりへ入っていく。口に入ってくる涙の味がする。しょっぱい涙をひと粒ひと粒かぞえる。なにがどんなふうに起きたのか、どうしてこんなことが起こりうるのか、わからない。わたしはケンジにはさわっていない。さわったはずはない。ほんとに、ほんとに、ほんとに、彼に触れたはずはない。けれど、そのとき凍りついた。両腕につららが下がる感覚とともに、ふと気づく。

わたし、手袋をつけてない。

手袋をすっかり忘れていた。今夜はかなりあわてててここに来たので、シャワーから飛び出したとき、手袋を部屋に置いてきてしまったのだ。忘れるなんて、信じられない。自分が原因で、またひとり命を失うことになるなんて。わたしはただ、わたしはただ、わたしはただ、床に倒れる。

「ジュリエット」

わたしは顔を上げて、ぱっと立ち上がる。

「近寄らないで」わたしは震えながら、涙をこらえる。どんどん小さくなって、消えていく。わたしなんて消えてしまえばいい。これがわたしへの最大の罰。これくらい苦しむのは当然だ。この世界でわずかしかいない友だちのひとりを殺してしまったんだから。どんどんちぢんで、永久に消えてしまいたい。「向こうへ行って——」

「ジュリエット、聞いてくれ」ウォーナーが近づいてくる。暗がりに彼の顔があらわれる。この通路は照明が半分しかついていなくて、どこへつづいているのかわからない。わかるのは、ウォーナーとふたりきりになりたくないということだけ。

いまはいや。もう、二度といや。

「近寄らないでといったでしょ」わたしの声は震えている。「あなたとなんか話したくない。お願いだから——ほっといて！」

「こんな状態のおまえを放っておけるか！　泣いているのを放っておけるか！」

「あなたにはこんな気持ち、わからない」わたしはかみつく。「気にもならないくせに。人を殺すことくらい、なんでもないんでしょ！」

ウォーナーの呼吸が荒く、速くなる。「なんの話だ？」

「ケンジの話よ！」わたしは爆発する。「わたしがやったの！　わたしのせい！　わたしのせいであなたとアダムが喧嘩になった、わたしのせいでケンジがあなたを止めようとした、そしてわたしのせいで――」声がつまる、またつまる。「わたしのせいで、ケンジが死んだ！」

ウォーナーは目を見開く。「馬鹿なことをいうな。死んじゃいない」

わたしは苦悩のかたまり。

自分のしてしまったことを思い出して、泣きじゃくる。ケンジは死んだ、見てなかったの？　ぴくりとも動かなかった。わたしが彼を殺してしまった。ウォーナーはずっとだまっている。わたしがひどい言葉でののしり、悲しみがどんなものかも理解できない彼の冷酷さを責めるあいだ、彼はひと言も口を出さない。わたしはいつのまにか彼の胸に寄りかかっていて、彼に抱き寄せられていることに気づくけれど、抵抗しない。まったく抵抗せずに、彼にすがりつく。この温もりが必要だから。力強い腕に抱かれる感覚がなつかしい。やっと気づき始める。いつのまにか、心地よい抱擁(ほうよう)で癒(いや)されることにたよるようになっていたなんて。

こんなにも切実に求めていたなんて。

ウォーナーはただわたしを抱いている。わたしの髪をなで、やさしく背中をさすっていて、わたしには彼の胸の鼓動が聞こえる。人間にしてはかなり速い奇妙な鼓動。彼は両腕でわたしをすっぽり包みこむ。「ジュリエット、おまえはケンジを殺してはいない」

「あなたはわたしの見たものを見ていなかったんだわ」

「おまえはあの状況を完全に誤解している。おまえはケンジを傷つけるようなことはなにもしていない」

わたしは彼の胸にもたれたまま首をふる。「なにをいってるの？」

「おまえではない。わたしは知っている」

わたしははっと後ずさり、彼の目を見上げる。「どうして、そんなことがわかるの？」

「ケンジを傷つけたのは、おまえではなく、わたしだからだ」

「どういうこと？」

「ケンジは死んではいない」ウォーナーはいう。「重傷だが、きっと回復する」

「なに？」わたしは動揺する、骨の髄まで動揺している。「いったいなんの話をしているの――」

「まあ、すわれ。説明してやる」ウォーナーは床に腰を下ろし、隣をぽんとたたく。わたしはほかにどうしていいかわからない。両脚はもう、とても立っていられないほど震えている。

わたしの体が床にこぼれた。ふたりとも壁にもたれ、彼の右側とわたしの左側とのあいだには、ほんの三センチの細い空間しかない。

1

2

3秒がすぎる。

「キャッスルから、わたしにも……特別な力があるかもしれないといわれたとき、信じる気にはなれなかった」ウォーナーの声はとても小さくて、わたしはほんの少しか離れていないのに耳をそばだてなくてはならなかった。「心のどこかで、こう思いたがっていた。彼は自分の利益のために、わたしを錯乱させようとしているのだ」小さいため息。「しかし、よく考えると、それでは筋が通らない。アダム・ケントのことも聞いた」ウォーナーはつづける。「彼がおまえにさわれる理由、それをどうやって突き止めたかということも。一瞬、もしかしたらわたしにも同じ能力があるのではないかと思った。同じくらいバカバカしい能力が。同じくらい役に立たない能力が」

声を上げて笑う。「とてもじゃないが、信じる気にはなれなかった」

「役に立たない能力なんかじゃない」そういうわたしの声が聞こえた。

「そうか？」彼がこちらを向く。ふたりの肩がくっつきそうになる。「教えてくれ、ケントはなにができる？」

「能力を使えないようにできるの。他人の能力を」

「そうらしいな。だが、それが彼になんの役に立つ？　仲間の特殊能力を使えないようにすることが、なんの役に立つ？　笑わせるな。無駄な能力だ。この戦いでは、なんの役にも立たない」

わたしはかっとして、無視することにする。「それがケンジのこととなんの関係があるの？」

こちらを向いていたウォーナーは、また前を向き、さっきよりやさしい口調でいう。

「わたしはいまこの瞬間も、おまえのエネルギーを感じとれる。そういったら、信じるか？　そのエネルギーの状態と強さがわかるといったら？」

わたしはウォーナーをまじまじと見つめる。彼の表情と、ためらうような真剣な口調をよく確かめる。「ええ。信じると思う」

ウォーナーはその返事に悲しそうにほほえんだ。「わたしは感じとることができる」深呼吸。「おまえがいちばん強く感じている感情がわかる。それにおまえのことを知っているから、そういう感情の前後関係もわかる。たとえば、いまおまえの感じている恐怖は、わたしに向けられたものではなく、おまえ自身とおまえがケンジにしてしまったと思いこんでいることに向けられたものだ。おまえの迷いも感じる——あれが自分のせいではなかったと信じることを、おまえはためらっている。おまえの悲しみと悲痛な思いも感じる」

「本当に感じとれるの？」

彼はこちらを見ずにうなずく。

「そんなことができるなんて、ぜんぜん知らなかった」

「わたしもだ——わたしも気づいていなかった」ウォーナーはつづける。「ずいぶん長いあいだ、知らずにいた。じつは、人の感情を敏感に察知するのは普通のことだと思っていた。自分は人より洞察力が鋭いだけだろうと思っていた。父がわたしに第45セクターを任せた大きな理由は、それだ。人が隠し事をしていたり、後ろめたさを感じていたりすれば——もっとも重要なのは、嘘をついている場合だが——すぐに見破れる尋常でない能力があったからだ」少し休む。「それに、必要とあらば、罰することも臆さないからだ」

「キャッスルから、わたしにはそれ以上のものがあるかもしれないといわれて初めて、この能力を本気で分析してみた。もう少しで頭がおかしくなるところだった」ウォーナーは首をふる。「ひたすら考えて、彼の推測が正しいと証明する方法、あるいは誤りであると証明する方法を考えつづけた。そうやって熟考を重ねたものの、けっきょく彼の意見は却下した。今夜ケンジが愚かにも仲裁に入るようなことになって、少々気の毒だと思う――それはおまえにとってだ。わたしにとっては、あれはじつに幸運な偶然だった。あのおかげで、ついに証明できたからだ。わたしの考えが誤りだった。キャッスルが正しかった」

「どういうこと？」

「わたしはあのとき、おまえのエネルギーを受け取ったのだ。そんなことができるとは思ってもいなかった。われわれ四人がつながったとき、わたしはじつに強烈なエネルギーを感じた。アダムの感情は読めなかった――それでわたしは、軍にいるとき、彼に裏切られているとは疑いもしなかったのだろう。彼の感情は常に隠されていた。常にブロックされていた。なにも知らなかったわたしは、彼をただ感情を解さない人間だと思っていた。人間性も他人への関心もないやつなのだろうと思っていた。彼の感情が読めなかったのは、わたしの責任だ。自分を過信して、この能力に欠陥があるかもしれないという可能性を考えなかったからだ」

　わたしはこういってやりたくなる。ほら、やっぱりアダムの能力はちゃんと役に立つでしょ？

　でも、いわない。

「それから、ケンジは」少しして、ウォーナーはいった。額をさすり、小さく笑う。「ケンジは……じつに利口だった。わたしが思っていたより、はるかに利口だった――けっきょく、それこそが彼の戦略だったんだ。ケンジは」息を吐く。「わざと目立つふるまいをして、自分が影の脅威であることを悟らせないようにしていた。

　彼はいつも面倒を起こしていた――食事のおかわりを要求したり、ほかの兵士と喧嘩したり、門限を破ったり。かんたんな決まりを破っては、注意を引いていた。そうやってわたしに、腹立たしいが取るに足りないやつと思わせたのだ。わたしはいつも、彼にはどこか変わったところがあると感じていたが、それはたぶん騒々しいふるまいやルールを守れないところから来るのだろうと思っていた。わたしは彼をただの無能な兵士として片づけた。昇進の可能性がない者、時間のむだでしかない者として」ウォーナーは首をふり、下を向いたままあきれた顔をした。「あっぱれだ」ほとんど感心しているようにいう。「じつにあっぱれだった。彼の唯一のミスは」少ししてつけ足した。「アダム・ケントと親しくなりすぎたことだ。そのせいで、命を失いかけた」

「それで——どうしたの？　あなたは今夜、ケンジを始末しようとしたの？」わたしはまだひどく混乱していて、会話にもう一度集中しようとする。「わざとケンジを傷つけたの？」

「いや、わざとではない」ウォーナーは首をふる。「それどころか、自分のしていることもわかっていなかった。最初のうちはな。これまでは、ただエネルギーを感じるだけだった。エネルギーを吸収できるとは知らなかった。しかし、おまえに触れただけでおまえのエネルギーにさわれた——あのときの四人のあいだには大量のアドレナリンが発生していて、おまえのエネルギーがわたしに文字どおり飛びこんできたのだ。そしてケンジがわたしの腕をつかんだとき、おまえとわたしは、まだつながっていた。だからわたしは……自分に入ってくるおまえの力を、なんとかケンジのほうへ向けたのだ。まったくの偶然だったが、確かに感じた。おまえの力がわたしのなかにどっと流れこんでくるのを感じた。そして、わたしからどっと流れだすのを感じた」顔を上げ、わたしと目を合わせる。「人生でもっとも驚くべき経験だった」

すわっていなかったら、わたしは倒れていたと思う。

「じゃあ、あなたは——他人のエネルギーを吸い取ることができるのね？」わたしはたずねる。

「おそらく」

「それと、ケンジをわざと傷つけたわけじゃないのね？」

ウォーナーは声を上げて笑い、こちらを見る。まるで、わたしがすごくおもしろいことでもいったかのように。「殺したいと思っていたなら、殺している。それに、彼を殺すのにこんな面倒なことをする必要はない。芝居がかったことに興味はないんでね。だれかを傷つけたければ、この二つの手だけでじゅうぶんだ」

わたしは呆然として口がきけなくなる。

「いや、じつに驚きだ」ウォーナーはいう。「過剰なエネルギーを放出する方法も知らずに、よくあれだけのエネルギーを抱えていられるものだ。わたしは一瞬抱えるだけでやっとだった。エネルギーはわたしの体からケンジの体へすぐに移動したが、そうするしかなかったからだ。わたしは、あの強大なエネルギーに長くは耐えられなかった」

「それじゃ、わたしはあなたを傷つけることはできないの？」わたしは驚いて、まばたきしながらウォーナーを見る。「わたしのエネルギーは、ただあなたの体に入るだけ？　あなたはそれを吸収するだけ？」

ウォーナーはうなずく。「試してみたいか？」

わたしは頭と目と口でイエスという。人生で初めてといっていいほど、怖いくらい興奮している。「どうすればいい？」

「なにも」ウォーナーはとても静かにいう。「ただ、わたしに触れればいい」

心臓がどきどきしてきて、全身が脈打っているように感じる。わたしは集中しようとする。落ち着きなさい、だいじょうぶだから、と自分にいい聞かせる。だいじょうぶ。ただの実験だ。もう一度だれかにさわれるからって、そんなに興奮することないでしょ。ひたすらいい聞かせる。

~~でもやっぱり、こんなに、すごく興奮してる。~~

ウォーナーが素手を差し出す。

わたしはその手を取る。

なにか感じるのを待つ。体が弱るような感じとか、自分のエネルギーがなくなっていくような感覚とか、自分の体から彼の体へなにかが移動するような兆しを待つ。けれど、なにも感じない。なにも変わらない。ところが、ウォーナーの顔を見ると、彼は目を閉じて懸命に集中しようとしている。そのとき、わたしの手を握る彼の手に力がこもり、彼がうめいた。

かっと目を開いたかと思うと、空いているほうの手をまっすぐ床にふり下ろした。わたしはあわてて飛びのいた。横にかたむくわたしの体を、後ろからわたしの両手がつかまえる。幻覚を見ているに違いない。床に穴が開いているのも幻覚に違いない。ウォーナーがすわっている場所から10センチも離れていないところに、穴がある。彼の力いっぱい押しつけた手のひらが床にめりこんでいるように見えるのも、きっと幻覚だ。なにもかも、幻覚にきまってる。全部。わたしは夢を見ていて、もうすぐ目が覚めるんだ。そうに違いない。

「恐れるな――」

「ど、どうやって、そ、そんなことを――」

「おびえることはない、ジュリエット。だいじょうぶだ。じつは――わたしにとっても、初めてなのだ――」

「わたしの――わたしの力ってこと？　あなたは――苦痛を感じないの？」

ウォーナーはうなずく。「ああ。感じないどころじゃない。信じられないほどのアドレナリンの放出だった――わたしの知っているどんな感覚にも似ていない。じつは、軽いめまいを感じる。それも、望みうる最高のめまいだ」彼は声を上げて笑う。それからほくそ笑み、両手で頭を抱えると、目を上げた。「もう一度、できるか？」

「無理」わたしは即座に答える。

彼はにやりとする。「本当に？」

「無理よ——あなたがわたしにさわれることが、まだ信じられない。本当に——ええと」わたしは首をふる。「なんともないの？　まずいことはなにもないの？　わたしに触れても、どこも傷つかない？　傷つかないだけじゃなく、気持ちいいの？　わたしに触れたときの感覚が、本当に好きなの？」

ウォーナーはまばたきしながらわたしを見ている。いまの質問にどう答えていいのかわからないようだ。

「どうなの？」

「イエスだ」息をのむような言葉。

「イエスって、なにが？」

彼の心臓が激しく鼓動しているのが聞こえる。ふたりを包む静けさのなか、はっきりと聞こえる。「その感覚が好きだ」

ありえない。

「わたしに触れるのを恐れることはない」ウォーナーはいう。「わたしが苦痛を感じることはない。力をもらえるだけだ」

わたしは笑いたくなる。奇妙な甲高い声で、ついに頭がおかしくなったみたいに笑いたい。この世界のユーモアのセンスはひどすぎる。いつだって、わたしを笑い飛ばしている気がする。わたしをネタにして笑っている気がする。わたしの人生を際限なく複雑にする。わたしがすばらしい計画を立てても、すべての選択を困難にし、なにもかもを混乱させてしまう。

わたしは好きな人に触れることもできない。

なのに、好きな人を殺そうとした人には、触れて力をあたえることができる。

だれも笑ってなんかいないわよ、と世界にいってやりたい。

「ウォーナー」わたしは顔を上げる。とつぜん、気づいたのだ。「キャッスルに報告しなきゃ」

「なぜ？」

「なぜって、キャッスルは知っていなきゃいけないからよ！　ケンジの状態に説明がつくし、明日の戦闘にも役立つかもしれない！　あなたもいっしょに戦うんだから、その力を使えるかも――」

ウォーナーは声を上げて笑う。

ひたすら笑う。彼の目は輝き、こんなに薄暗い明かりのなかでも光っている。激しい笑いはやがて荒い息づかいになり、やさしいため息になって、おかしそうなほほえみに落ち着いた。そしてわたしにほほえみかけ、ひとりでにこにこし、やがてうつむき、わたしの手に視線を落とした。わたしがひざの上に力なくのせている手を見て、一瞬ためらってから、指の付け根の関節を包む薄い肌をそっとなでた。

わたしは息をのむ。

しゃべらない。

身動きもしない。

ウォーナーはためらっている。わたしが手を引っこめるかどうか見ているみたい。手を引っこめるべきだ、そうわかっているのに、わたしは引っこめない。すると、彼がわたしの手を取った。じっと観察している。わたしの手のひらや関節のしわ、親指と人さし指のあいだの敏感な部分を指でなぞる。とてもやさしく、とても繊細に丹念に触れられて、心地いい。心地よすぎて苦しいくらい。こんなことに対応できる心の余裕は、いまのわたしにはない。

わたしはぎこちなく乱暴に手を引っこめる。顔は赤くなり、脈は速くなる。

ウォーナーはひるまない。顔も上げない。驚いているようにすら見えない。ただ空になった自分の両手を見つめている。「なあ」奇妙な声にも、やさしい声にも聞こえる口調で話しだす。「キャッスルはただの楽観的なバカだと思う。やたらと多くの人間を仲間にしようと躍起になっていて、それがいま裏目に出ようとしている。原因は単純だ。すべての人間を喜ばせることなど不可能だからだ」少し休む。「彼はこのゲームのルールをわかっていない人間の典型的な例だ。感情でものを考え、希望と平和という幻想に必死でしがみついている。そんなことをしても、なんの助けにもならない」ため息。「それどころか、彼の終わりが近づいている。それは断言できる」

「しかし、おまえにはなにかある」ウォーナーはつづける。「おまえの希望の抱き方には、なにかある」そこで首をふる。「バカ正直なところが、妙に人の心を引きつける。おまえは人のいうことを信じたがる。やさしさを好む」ウォーナーはほんの少しほほえんで、顔を上げた。「じつにおもしろい」

わたしは急に、自分がバカになったような気分になる。「あなたは明日、わたしたちと戦うつもりはないのね」

ウォーナーはもうあけすけに、にこにこしている。その眼差しは妙に温かい。「わたしは出ていく」

「ここを出ていくっていうの」わたしは呆然とする。

「わたしはここの人間ではない」

わたしは首をふっている。「なぜ――どうして出ていけるの？　明日わたしたちと戦うって、キャッスルにいったじゃない――あなたが出ていくことを、キャッスルは知ってるの？　だれか知ってるの？」わたしは彼の顔をまじまじと見つめる。「なにか計画があるの？　どうするつもり？」

彼は答えない。

「なにをするつもりなの、ウォーナー――」

「ジュリエット」とささやく彼の目には、急に切実さと苦しみが浮かんでいた。「聞きたいことがある――」

だれかが通路を走ってくる。

わたしの名前を呼んでいる。

アダムだ。

わたしは弾かれたように立ち上がり、ウォーナーにすぐもどると伝える。

まだ出ていかないで、まだどこにも行かないで、すぐもどるから。そういって、返事を待たずに明かりのついた廊下へ走っていき、アダムと正面衝突しそうになった。彼はわたしを支え、ぎゅっと抱き寄せる。こんなふうにわたしに触れてはいけないことを、彼はいつも忘れてしまう。そして、わたしを心配してくれる。「だいじょうぶか？」「本当にごめん」「君を探してそこらじゅう走り回っていた」「君は医療棟に来ると思ったんだ」「あれは君のせいじゃない、それを知ってほしくて——」

わたしの顔に、頭蓋骨に、背骨に、何度も何度もぶつかってくるのは、自分がどんなに彼を思っているかという事実。彼がどんなにわたしを思ってくれているかという事実。こんなふうに彼のそばにいると、わたしがなんとしても避けなければならないことをいろいろ思い出してつらくなる。わたしは深呼吸した。

「アダム、ケンジは無事？」

「まだ意識はもどらないけど、セアラとソーニャは回復するといっている。確実にケンジが回復できるように、夜どおし治療にあたるらしい」少し休む。「なにが起こったのか、だれにもわからない。けど、君のせいじゃない」アダムの目がしっかりとわたしの目を見据える。「君にもわかっているだろう？　君は彼に触れていなかった。おれはちゃんと知っている」

わたしは百万回も口を開けていおうとする。——ウォーナーだったの。あれは彼がやったことなの。ケンジをこんな目に遭わせたのは、ウォーナーなの。彼をつかまえて、彼を止めて。彼はみんなに嘘をついてる！　明日、逃げるつもりなの！――でも、いわない。理由はわからない。

どうして、自分がウォーナーを守ろうとしているのかわからない。

心のどこかで、口に出すのを恐れているのかもしれない。口に出すと現実になってしまいそうで怖いのかもしれない。ウォーナーが本気でここを出ていくつもりなのか、まだわからない。そもそも、どうやって逃げるつもりなのか、そんなことが可能なのか。それに、ウォーナーの能力のことを、だれかに話せるかどうかもわからない。アダムにはいえない。彼もオメガポイントのみんなもケンジを心配しているときに、わたしはウォーナーと――わたしたちの敵であり、人質である人物と――通路に隠れて手を握り合い、彼の新しい力を試していたなんて、いえるわけがない。

こんなに混乱していなかったらいいのに。

ウォーナーと話すたびに、ひどい後ろめたさを感じることがなくなればいいのに。彼とすごす一瞬一瞬が、彼との会話のひと言ひと言が、アダムを裏切っているような気分にさせる。アダムとは事実上、もう特別な関係ではないのに。わたしの気持ちはまだ、アダムにしっかりと結びついている気がする。固く結びついていて、彼をひどく傷つけたことの埋め合わせをしなくてはいけないと思ってしまう。彼の目に浮かぶ苦しみの原因にはなりたくない。もう二度と。そしてどういうわけか、秘密にすることが彼を傷つけずにすむ唯一の方法だと思ってしまった。でも、心の奥底では、こんなことは間違ってるとわかっている。心の奥底では、ひどいことになるとわかっている。

それでも、ほかにどうしていいかわからない。

「ジュリエット？」アダムはまだわたしをきつく抱きしめている。こんなにくっついていて、温もりが伝わってきて、うれしくなる。「だいじょうぶか？」

わたしはなぜか、急に知りたくなってたずねる。

「ウォーナーにいうつもり？」

アダムはわずかに体を引いた。「なにを？」

「あなたとのこと。彼に真実を話そうと思ってる？　あなたたちふたりは兄弟だってこと？」

アダムはまばたきしている。わたしの質問に不意をつかれて、とまどっている。

「いいや」やっと答えた。「話す気はない」

「どうして？」

「家族には、血のつながりよりもっと大事なことがあるからさ。あいつとは一切関わりたくない。あいつが死ぬところを、同情も良心の呵責も感じることなく、ながめられるようになりたい。あいつは典型的な怪物だ」アダムはわたしにいう。「父親と同じだ。あいつを兄弟と認めるくらいなら、死んだほうがましだ」

わたしは急に、倒れそうになる。

アダムがわたしの腰を支え、目を合わせようとする。「君はまだショック状態らしい。なにか食べる物を持ってこよう――それとも、水かなにか――」

「だいじょうぶ。わたしはだいじょうぶだから」彼の腕のなかにいることを、最後にもう少しだけ楽しむのを自分に許してから、わたしは息をしようと体を離す。自分に必死にいい聞かせる。アダムのいうとおりだ、ウォーナーはいままでとんでもなくひどいことをしてきた、許すべきじゃない。彼にほほえみかけるべきじゃない。口をきくことだっていけない。そこまで考えて、わたしは叫びだしたくなる。最近のどんどん分裂していく自分の人格を、脳が扱いきれなくなっている。

ちょっと待って、とアダムに告げる。医療棟へ行く前にトイレに寄りたいの。アダムは、わかったという。

君の準備ができるまで待っている、という。

わたしはそっと暗い通路にもどり、ウォーナーに伝えに行く。行かなきゃ、もうもどらない、と伝えに行く。ところが暗がりに目をこらしても、なにも見えない。

あたりを見回す。

ウォーナーはどこにもいなかった。

死にたければ、なにもしなくていい。

一生を階段の下の戸棚に隠れてすごしても、やっぱり見つかる。死は姿を見えなくするマントを着てあらわれ、魔法の杖をふり、思いもよらないときにわたしたちを消す。わたしたちがこの地球に存在した痕跡をすっかり消し去る。そして、なんの見返りも求めない。葬儀で前に進みでて、立派に仕事を成し遂げたことを称賛されると、すぐに姿を消す。

生きることは、もう少し複雑だ。そのためには常にしなくてはならないことがある。

呼吸だ。

空気を吸って、吐く。毎日、毎時間、毎分、毎秒、好むと好まざるとによらず、呼吸しなくてはならない。たとえ希望も夢も窒息させようと思っていても、やっぱり呼吸してしまう。衰え果て、見知らぬ人に尊厳を売っても、わたしたちは呼吸する。自分が間違っているときも呼吸し、正しいときも呼吸し、足を踏みはずして即座の死へ転落しようとしているときでさえ呼吸する。呼吸せずにはいられない。

だから、わたしは呼吸する。

わたしの一生という天井からぶらさがる首吊り縄へ向かって、これまで上ってきた階段の数をすべてかぞえる。馬鹿なことをした回数をかぞえあげる。そうして、数字を使い果たす。

ケンジは今日、もう少しで死ぬところだった。

わたしのせいで。

やっぱりわたしの責任だ。アダムとウォーナーが喧嘩になったのも、わたしがふたりのあいだに立ったのも、ケンジがふたりを引き離そうとしたのも。もしわたしが真ん中に立ったりしていなければ、ケンジが傷つくことはなかった。

そして、わたしはここに立っている。ケンジを見つめている。

ケンジはほとんど呼吸をしていない。お願い、お願いだから、いちばん大事なことをして。たったひとつの大事なことを。どうしても持ちこたえてほしい。でも、彼は聞いていない。彼にわたしの声は聞こえない。どうしても元気になってほしい。回復してもらわなきゃ、息をしてくれなきゃ。
あなたがいてくれなきゃ。

キャッスルにいえることはあまりなかった。

周囲にはみんなが立っていた。何人かは医療棟に押し入り、それ以外はガラスの壁の向こう側で静かに見守っていた。キャッスルは簡潔に話した。いまこそ団結しなくてはならない、われわれは家族だ、たがいに助け合わなくてどうする？ われわれは皆、確かにおびえている。しかし、いまは支え合うべきときだ。団結して、反撃するときだ。いまこそ、われわれの世界を取りもどそう。

「いまこそ生きるときだ」キャッスルはいった。「明日の出発は、全員いっしょに最後の朝食をとってからにする。気持ちがばらばらのままで出撃するわけにはいかない。自分を、たがいを、信頼しなくてはならない。明日の朝は少し余分に時間をとって、心を落ち着けてほしい。朝食がすんだら出発だ。全員一丸となって出発する」

「ケンジは？」だれかが質問した。聞き覚えのある声に、わたしははっとした。

ジェイムズだ。両手を握りしめて立っていた。顔には涙の跡があり、声に悲しさが出ないようにがんばっているけれど、下唇が震えている。

わたしの心臓がまっぷたつに割れる。

「どういう意味だい？」キャッスルはきき返す。

「ケンジも明日、戦うんだよね？」ジェイムズは鼻をすすって、残りの涙を引っこめた。握りしめた両手が震えだす。「ケンジは明日、戦いたがってた。明日戦いたいって、ぼくにいってた」

キャッスルはむずかしい顔になり、ゆっくりと答える。「うーん……残念だが、ケンジは明日の戦闘に参加することはできないだろう。しかし、できたら、君がケンジのそばにつきそってやってくれないか？」

ジェイムズは答えない。ただキャッスルを見つめ、ケンジを見つめている。やがて何度かまばたきすると、人をかきわけ、ケンジのベッドによじのぼった。そして彼の隣に寄りそい、あっというまに眠りに落ちた。

それをきっかけに、みんなは出ていった。

正確には、わたしと、アダムと、キャッスルと、双子の女の子たちをのぞいて。不思議なことに、治療者（ヒーラー）の双子のことを、みんな〝女の子たち〟と呼ぶ。まるで、ほかに女の子はいないみたいに。もちろん、そんなわけはない。どうしてそう呼ばれるようになったのかも知らない。知りたいと思っている自分もいるけれど、くたくたでたずねる気力もないと思っている自分もいる。

わたしは椅子に丸くなってケンジを見つめる。ケンジは懸命に息を吸っては吐いている。わたしは拳骨を握って頬杖をつき、意識を持ち去ろうとする睡魔と戦う。わたしに眠る資格なんてない。ひと晩じゅう眠らずに、ケンジを看病しよう。もし彼の命を危険にさらす心配がなければ、彼に触れていただろう。

「ふたりとも、そろそろ眠りたまえ」

はっとあわてて顔を上げる。いつのまに居眠りしていたんだろう。キャッスルがやさしい不思議な表情で、こちらを見ていた。

「疲れてないから」わたしは嘘をつく。

「眠りなさい。明日は大変な一日になる。睡眠が必要だ」

「おれが彼女を送っていくよ」アダムがそういって、立とうとする。「そして、すぐもどってくれれば――」

「たのむから」キャッスルがさえぎった。「ふたりとも行ってくれ。わたしと女の子たちがいればだいじょうぶだ」

「でも、キャッスルこそ、わたしたちより睡眠が必要でしょ」とわたし。

キャッスルは悲しげにほほえむ。「あいにく、今夜は一睡もできそうにない」

そういってケンジのほうを向く。目じりには、幸福か苦痛かその中間のなにかで、しわが寄っている。「知っていたかい？」キャッスルはわたしたちにいう。「わたしは、ケンジが子どものころから知っているんだよ。彼を見つけたのは、わたしがオメガポイントを建設してまもないころだった。彼はここで育った。初めて出会ったとき、彼は道端で見つけた古いショッピングカートに住んでいた。……ケンジから聞いたことはあるかい？」

アダムは椅子にすわりなおし、わたしは一気に目が覚めた。「ううん」ふたり同時に答える。

「あ――すまない」キャッスルは首をふる。「こんな話で君たちの時間をむだにしてはいけないな。どうやら、いまのわたしには気がかりなことが多すぎるようだ。秘密にすべき話がどれかも忘れている」

「そんな――お願い――聞かせて」わたしはせがむ。「すごく知りたい」

キャッスルは両手をじっと見つめ、少しほほえんだ。「くわしいことはわからないんだ。ケンジは両親になにがあったか話してくれたことはないし、わたしもたずねる気はない。当時のケンジが持っていたのは、名前と年齢だけだった。彼に出会ったのは、まったくの偶然だ。彼はまだほんの子どもで、ショッピングカートのなかにすわっていた。文化的な生活とはかけ離れていた。真冬だというのに、着ているものは古いTシャツと数サイズ大きいぶかぶかのジャージのズボンだけ。凍えそうだったし、食事と眠る場所が必要なようすだった。わたしは立ち去ることなどできなかった。とても放ってはおけなかった。それで、腹が減っていないかと声をかけたんだ」

キャッスルは言葉を切り、当時を思い出す。

「少なくとも三十秒は、なんの返事も返ってこなかった。ただ、こちらを見ているだけだった。わたしは怖がらせてしまったかと思い、立ち去ろうとした。ところがそのとき、ようやく、彼が手をのばしてきたんだ。わたしの手をつかみ、自分の手のひらに押しつけるように握手した。とても強く。そしてこういったんだ。『こんにちは、おじさん。ぼくはケンジ・キシモト。九歳だよ。会えて、すごくうれしい』」キャッスルは声を上げて笑う。笑っていても、こみ上げる感情で目が光っている。「かわいそうに、ずっと飢えていたに違いない。ケンジはいつも」キャッスルは天井を見上げて、まばたきをする。「いつも、意志が強くてたくましかった。プライドも高い。あいつにはだれも勝てないよ」

少しのあいだ、だれもしゃべらなかった。

「知らなかったな」アダムが口を開いた。「キャッスルとケンジが、そんなに親しい間柄だったなんて」

　キャッスルは立ち上がると、わたしたちを見回してほほえんだ。まぶしすぎる笑顔。ひどく緊張した笑顔。「そうなんだよ。ともあれ、ケンジはきっと元気になる。朝にはぴんぴんしているさ。だから君たちふたりは、ちゃんと睡眠をとりたまえ」

「ほんとに――」

「もちろん。さあ、もう寝なさい。ケンジのことは、わたしが女の子たちと看病しているからだいじょうぶだ。約束する」

　わたしたちは椅子から立った。ケンジのベッドで眠っているジェイムズを、アダムが起こさないように抱き上げると、わたしたちは部屋を出た。

　わたしはちらっとふり返る。

　すると、キャッスルが椅子にすわり、膝の上に両ひじをついて頭を抱えるのが見えた。震える手をのばし、ケンジの脚にのせる。それを見て、わたしは愕然とする。自分はいっしょに生活している人たちのことを、まだなにもわかっていない。この人たちの世界に、ぜんぜん溶けこもうとしていなかった。

　そして、それを変えたいと思っている自分に気づいた。

アダムが部屋まで送ってくれる。

消灯は一時間ほど前で、一定の間隔を置いて光っているかすかな非常灯をのぞいて、明かりはすべて、文字どおり、消えている。ほぼ真っ暗なのに、それでも見廻りの人たちに見つかって、まっすぐそれぞれの居住棟へ行くように注意された。

アダムとわたしは女子棟の入口に着くまで、まったくしゃべらなかった。ふたりのあいだには、ひどく張りつめた空気と口に出さないたくさんの不安がただよっている。今日と、明日と、これまでいっしょにすごしてきたたくさんの時間にまつわる思いが、ひしめいている。自分たちの身にすでに起こっていることについても、最終的に起こることについても、わたしたちはほとんどわかっていない。ただ彼を見ているだけなんて、こんなに近くにいながら、こんなに遠くに感じるなんて——たまらない。

ふたりのすき間を埋めたくてたまらない。彼の全身に唇を押しつけたい、彼の肌の香りを、彼の腕や心臓に宿る力強さを味わいたい。いつのまにかたよるようになってしまった、あの温もりと安心に包まれたい。

でも。

ほかの面では、彼から離れていることで、自立してきたと思う。怖くても自分の力で進もうとしている。彼なしで訓練をしなくてはならなかったし、彼なしで戦わなくてはならなかったし、ウォーナーやアンダースンや自分の混乱した心とも、そばに彼がいないまま、ひとりで立ち向かわなくてはならなかった。そしていま、自分は変わった気がする。アダムと距離を置いてから、以前より強くなった気がする。

それがどういうことなのかは、わからない。

わかるのは、またたよるのはだれかにたよるのは、けっして安全じゃないということだけ。自分が何者か、いつかどんな人間になっていくのかを、常にだれかに確認しなくてはいられない状態は、わたしにとって安全じゃない。彼を愛するのはいいけれど、彼にたよりきって支えてもらうのはいけない。いつもだれかを必要としているようじゃ、自分の足で自分の人生を歩いていけない。

頭のなかがめちゃくちゃ。来る日も来る日も、混乱と、不安と、新たな過ちをおかしてしまうんじゃないかという心配に襲われる。また理性を失ってしまったら、わけがわからなくなってしまったら、と怖くなる。それでも、自分でなんとかしなくてはならない。この先ずっと、わたしは常に、いつだって、周囲のだれよりも強い人間でなくちゃ。

けれど、少なくとも、これ以上おびえる必要はない。

「だいじょうぶか?」アダムがようやく、ふたりのあいだの沈黙を破る。顔を上げると、彼の目が心配そうにわたしの表情を読みとろうとしていた。

「ええ」わたしは答える。「ええ、すぐ元気になる」固い笑みを浮かべてみせたものの、こんなに彼のそばにいるのに触れることもできないなんて、間違ってる気がする。

アダムはうなずいた。少しためらう。「ひどい夜だったな」

「明日もひどい日になりそう」わたしはささやく。

「ああ」アダムは静かにいう。目はまだわたしを見ている。なにかを探しているように、口に出さない疑問の答えを探しているように。わたしの目に、これまでとは違うなにかを見ているのだろうか? やがて、彼は小さく笑った。「そろそろ行かないと」そういって、両腕に抱えたジェイムズをあごで指す。

わたしはうなずく。どうしていいのか、なんていっていいのか、わからない。

わからないことばかり。

「きっとうまくいく」アダムが、わたしの考えていることに答えてくれる。「なにもかも。おれたちはだいじょうぶだ。ケンジも元気になる」彼はわたしの肩に触れ、わたしの腕をそっとなで下ろし、手袋をしていない手の手前で止める。

わたしは目を閉じ、このひとときを味わおうとする。

そのとき、彼の手がわたしの手をかすめた。わたしははっとして目を見開く。心臓が暴走する。

彼の眼差しは、もしジェイムズを抱いていなかったら、わたしの手に触れるだけでは我慢できなかったかもしれないといっている。

「アダム――」

「きっと方法を見つけてみせる。うまくやっていける方法を。約束する。ただ、時間が必要だ」

わたしはしゃべる勇気がない。自分がなにをいってしまうか、なにをしてしまうか怖い。わたしのなかで希望がふくらんでいくのが怖い。

「おやすみ」彼はささやく。

「おやすみ」わたしは返す。

次第に、希望が危険で恐ろしいものに思えてくる。

疲れきって部屋に入ると、わたしはぼんやりしたままタンクトップとパジャマのズボンに着替えた。寝間着にしているこの服は、双子のセアラからもらったものだ。眠るときくらい、体にぴったりしたいつもの服をぬいだほうがいいと勧められたのだ。セアラとソーニャは、肌を空気にさらすことは大事だという。

ベッドにもぐりこもうとしたとき、小さなノックの音がした。

アダムだ、

最初はそう思った。

わたしはドアを開けた。すぐ閉めた。

夢を見ているに違いない。

「ジュリエット?」

うそ。まさか。

「こんなところで、なにをしているの?」ドアを閉めたまま、声をひそめて詰問する。

「話がある」

「いま? いま、わたしに話があるの?」

「そのとおり。重要な話だ」ウォーナーはいう。「アダム・ケントがさっき、君と同室の双子は今夜医療棟にいると話しているのを聞いた。それで、ふたりきりで話すのにちょうどいいと思ったのだ」

「わたしとアダムの話を聞いてたの?」わたしはあせり、不安になってくる。いったいどこまで聞かれたんだろう?

「ケントと君の会話には、なんの興味もない」ウォーナーは急に、感情のこもらない平板な口調になる。「君が今夜ひとりになると聞いてすぐ、その場を去った」

「あ、そう」わたしは息を吐く。「それにしても、どうやって見張りに止められずにここまで来たの?」

「ドアを開けてくれたら、説明してもいい」

わたしは動かない。

「たのむ、ジュリエット、傷つけるようなことはしない。それくらい、いいかげん、わかりそうなものだ」

「五分あげる。五分たったら寝るから、いい? もう、くたくたなの」

「わかった。五分でいい」

わたしは大きく息を吸いこんだ。ドアを細く開き、外をのぞく。

ウォーナーはほほえんでいる。ぜんぜん申し訳なさそうに見えない。

わたしは首をふる。

彼はわたしの横をすり抜けて入ってくると、まっすぐわたしのベッドに行って腰を下ろした。

わたしはドアを閉め、彼の向かいのソーニャのベッドにすわる。急に、自分の服装が気になってくる。ずいぶん肌をさらしている気がする。薄い木綿がまとわりついただけの胸の前で両腕を交差させ——暗くて彼には見えないとわかってはいるけれど——空気の冷たさを無視しようとする。昼間に着ている特別な服が、こんな地下深くでも体温をうまく調節してくれていることを、普段はつい忘れてしまう。

わたしの服を作ってくれたウィンストンは、天才だった。

ウィンストン。

ウィンストンとブレンダン。

どうか、ふたりが無事ですように。

「それで……なんなの？」ウォーナーにたずねる。室内は真っ暗で、なにも見えない。彼のシルエットすらほとんどわからない。「さっき、通路からいなくなったでしょ。待っていてといったのに」

数秒の沈黙。

「おまえのベッドは、わたしのものよりずいぶん快適だな」ウォーナーは小声でいう。「枕もある。しかも、これは本物の毛布か？」笑う。「ここで女王のような生活をしているんだな。まともに扱われているわけだ」

「ウォーナー」わたしは落ち着かなくなる。不安になる。心配になる。少し身震いしたのは、寒さのせいじゃない。「なんなの？　なぜ、ここに来たの？」

返事はない。

まだ、ない。

とつぜん。

短く息を吸いこむ。

「いっしょに来てほしい」

地球の回転が止まる。

「明日、ここを出ていくとき」ウォーナーはいう。「いっしょに来てほしい。もっと早くいいたかったのだが、最後まで話すチャンスがなかった。かといって、明日の朝ではタイミングが悪い」

「いっしょに来いって？」わたしはまだ息をしているのかもわからない。

「ああ」

「あなたといっしょに逃げてほしいって？」こんなことがあるわけない。

「……そうだ」

「信じられない」わたしは何度も何度も首をふる。「まったく、どうかしてるわ」

闇のなかで彼がほほえむのが聞こえた気がする。「おまえの顔はどこだ？　これでは幽霊と話しているようだ」

「ここにいるわ」

「どこだ？」

わたしは立ち上がる。「ここだってば」

「まだ見えない」そういう彼の声が、とつぜんずっと近くなる。「わたしが見えるか？」

「いいえ」わたしは嘘をつき、不意におとずれた緊張を無視しようとする。ふたりのあいだのぴりぴりした空気を無視しようとする。

わたしは一歩下がった。

両腕に彼の手を感じる。わたしの肌に触れる彼の肌を感じて、思わず息をつめる。わたしは身じろぎもしない。なにもいわない。彼の両手がウエストまで下りてきて、わたしの体をかろうじておおっている薄い布にたどりつく。彼の指がウエストの後ろの柔らかい肌をかすめる。タンクトップの裾のすぐ下だ。心臓が何度も止まりそうになって、止まりそうになった回数もわからなくなる。

肺に酸素を取りこもうと必死になる。

手をのばしてしまわないように、懸命にこらえる。

「まさか」ウォーナーがささやく。「ふたりのあいだのこの炎を感じないとはいわないだろう?」彼の両手がまたわたしの腕をのぼってくる。やさしい触れ方で、指をタンクトップの肩ひもの下に滑りこませる。わたしは引き裂かれ、体の奥に痛みを感じ、体じゅういたるところが脈打つのを感じる。しっかりしてと自分にいい聞かせていると、肩ひもが落ちるのを感じて、すべてが止まった。

空気さえ動かない。

わたしの肌がおびえている。

わたしの考えまでが、さざめいている。

2、

4、

6秒間、息をするのを忘れる。

そのとき、彼の唇がわたしの肩に触れるのを感じた。柔らかくて、やさしくて、焼けつくような感覚。とても軽くやさしい感触は、男の人ではなく、そよ風のキスを受けたみたい。

ふたたびのキス。

今度は鎖骨に感じ、まるで夢を見ているよう。忘れられた記憶の愛撫を追体験しているよう。癒されるのを待っている痛みのよう。氷の浮かぶ水に放りこまれた、湯気を上げる鍋のよう。暑くてたまらない夜、ひんやりした枕に押しつけた火照った頬のよう。わたしは心のなかでいう。そうよ。これ。ありがとう、ありがとう、ありがとう。

そしてふと気づく。彼の唇が触れているのに、わたしは止めようともしていない。

ウォーナーが体を引いた。

わたしの目は開くのを拒む。

彼の指がわたしの下唇に、ふ、触れる。

わたしの口の輪郭を、曲線を、唇の合わせ目を、くぼみをなぞる。ちゃんと閉じていようとしても、唇は勝手に開いてしまう。彼が近づく。すぐそばに迫ってきて、周囲の空間を埋めつくし、もう彼と彼の体の温もり以外、なにもなくなってしまう。さわやかな石鹸の香りと、なにかわからない香りがする。甘いけれど甘くない、現実的で熱を帯びたなにか、彼そのもののような、彼のものであるなにかの香り。わたしは、まるでボトルにそそぎこまれた彼のなかで溺れているみたい。気づかないうちに、わたしは彼の腕のなかに身をあずけていた。彼の首の匂いを吸いこんでいると、彼の指がもうわたしの唇から離れていることに気づいた。ふたつの手がわたしの腰をしっかりつかんでいる。

「おまえは」彼は一字一字をわたしの肌に押しこむようにささやき、その先をためらう。

するると。

もっとやさしく。

彼の胸が激しく上下している。今度は吐息のような声でいう。「おまえはわたしを破、壊、する」

わたしは彼の腕のなかでばらばらになる。

わたしの両手は運試しの硬貨をいっぱい握りしめている。心臓は一回一セントのジュークボックス。頭は一セント硬貨をはじいている、表か裏か、表か裏か、表か裏か、表か裏か

「ジュリエット」彼が呼ぶ。そしてほとんど声を出さずに、わたしの名前の形に口を動かす。彼がわたしの体に溶岩をそそぎこむ。わたしはこのまま溶けて死んでしまいそう。

「おまえがほしい。おまえのすべてがほしい。なにもかもほしい。おまえにため息をつかせたい。わたしがおまえを思い焦がれているように、おまえにもわたしを思い焦がれてほしい」火のついた煙草が喉につかえているかのようにいう。「この気持ちを秘密にしたことはない。わたしを温かい蜂蜜に浸したがっているかのようにいう。わたしがこれより小さいふりをしたこともないまえに隠そうとしたことはない。自分の望みがこれより小さいふりをしたこともない」

「でも――友情を求めているっていったじゃない――」

「ああ」彼はぐっと感情をのみこむ。「いった。確かに。おまえの友人になりたいという気持ちは本当だ」ウォーナーはうなずき、ふたりのあいだの空気がかすかに動く。「おまえが恋しくてたまらない友人になりたい。おまえが抱きしめ、ベッドに引き入れ、おまえの頭に秘められた世界に招き入れる友人になりたい。そういう種類の友人になりたいのだ。おまえのいうことはもちろん、それをいったときのおまえの唇の形まで覚えているような友人に。おまえの体のあらゆる曲線、あらゆるそばかす、あらゆるおののきを知りたいんだ、ジュリエット――」

「だめ」わたしはあえぐ。「そんなこと――そんなこと、い、いわないで――」

彼がこのましゃべりつづけたら、わたしはなにをしてしまうかわからない。なにをしてしまうかわからない。自分を信用できない。

「どこに触れていいか、知りたい」ウォーナーはつづける。「どう触れればいいか、知りたい。どう説得すれば、わたしにだけほほえんでくれるか、知りたい」彼の胸が呼吸のたびに大きく動くのを感じる。「そうだ、わたしはおまえの友人になりたい。この世界でいちばんの親友になりたい」

わたしは考えることができない。

息ができない。

「ほしいものは、じつにたくさんある」彼はささやく。「おまえの心がほしい。おまえの強さも。そしておまえが時間を費やすのにふさわしい人間になりたい」指でタンクトップの裾にさわり、「これをめくりあげたい」。さらにパジャマのズボンのウエストを引っぱり、「これを下ろしたい」。指先でわたしの体の両脇に触れ、「おまえの肌の火照りを感じたい。おまえの心臓が、わたしの心臓の隣で鼓動を速めるのを感じたい。わたしのせいで、わたしがほしくて、どきどきしているのを知りたい。なぜなら、おまえは」息をつぐ。「おまえは、わたしを止めたいとは思っていないからだ。わたしには、おまえがほしくないときなど一秒もない。隅々までほしい。すべてがほしい」

そしてわたしは急死する。床に倒れそうになる。

どうして、まだ彼の声が聞こえるんだろう？　わたしは死んだのに。もう、死んだのに。何度も何度も、くり返し死んできたのに。

ウォーナーがはっと息をのみ、呼吸で胸をふくらませる。口を開き、息のつまる震えるささやき声でいう。「本当に——どうしようもないほど、おまえが好きなんだ——」

「ジュリエット」

わたしは立ちすくむ。立っていると、くらくらする。血も体もめまいを起こし、飛ぶことを学んだ最初の人間のように息をする。雲のなかにしかない種類の酸素を吸いこむように息をする。いくらがんばっても、自分の体が反応してしまう。わたしの体は彼に、彼の言葉に、彼の声ににじむうずきに、反応してしまう。

彼がわたしの頬に触れる。

やさしく、とてもやさしく、まるでわたしが実際にここにいるのか確信が持てないみたいに。近づきすぎるのを恐れているみたいに。あまり近づくと、わたしが、ううん、彼女がいなくなってしまう、消えてしまうと恐れているかのように。彼の4本の指がわたしの顔の横をゆっくりと、とてもゆっくりとなでてから、頭の後ろへ滑り、首のすぐ上あたりで止まる。彼の親指はリンゴのようなわたしの頬に軽く触れている。ウォーナーはずっとわたしを見ている。わたしの目を見つめ、助けを、導きを、抵抗の兆しを探している。わたしが悲鳴を上げたり、叫んだり、逃げたりすると思いこんでいるみたい。でも、わたしはそんなことはしない。そうしたくても、できるとは思えない。だって、そんなこと望んでいないもの。わたしはここにいたい。いま、この場にいたい。このひとときに麻痺していたい。

彼が近づく、ほんの少しだけ。空いているほうの手をのばし、わたしの顔の反対側を包む。

羽毛でできているかのように、わたしを支える。

彼はわたしの顔を包む自分の両手を見つめている。この小鳥を――いつもあんなに飛び去りたがっていた小鳥を――捕まえられたのが信じられないとでもいうように。彼の手は少し震えていて、わたしの肌にその振動がかすかに伝わってくる。銃と死に親しんでいた青年は、もういない。わたしを支えているこの手は、武器など持ったことがない。この手は死に触れたことなどない。このふたつの手は完璧で、やさしく、思いやりがある。

彼が慎重にかがんでくる。ふたりのあいだに、呼吸と、息をのむ音と、心臓の鼓動がひびく。彼がこんなにそばにいて、こんなにもそばにいて、わたしにはもう脚の感覚がない。自分の指の感覚も、寒さも、この部屋のがらんとした空間も感じない。もう、彼しか感じないから。どこもかしこも、なにもかも、彼で満ちていて、彼が「たのむ」とささやく。

彼が「たのむから、今度は撃たないでくれ」という。

そして、わたしにキスをする。

彼の唇はわたしの知っているどんなものよりも柔らかい。その柔らかさは、初雪のようで、綿飴をかんだときのようで、水に溶けて浮いて重力を感じなくなったときのよう。心地いい。とても楽で心地いい。

変化が起きた。

「ああ、ジュリエット――」

彼がまたキスをする。今度はさっきより強く、なにがなんでもわたしを手に入れなくてはならないという勢いで。自分の唇に触れるわたしの唇の感触を、記憶しておきたいと切望している。彼の味で、わたしはおかしくなりそう。彼は熱と欲望とペパーミントでできていて、わたしはもっとほしくなる。いつのまにか、彼をたぐりよせようとしていた。もっと強く引き寄せようとしたとき、彼が体を離した。

気がふれたかのように荒い息をつき、自分のなかでなにかが壊れたかのようにわたしを見ている。目が覚めて、いまのは悪夢だったんだ、あんなものは存在しなかったんだと気づいたような顔。すごくリアルだったけれど、ただの悪い夢で、目覚めたいまはもう安全で、なにもかもだいじょうぶというような顔。

わたしは落ちていく。

ばらばらになって、彼の心に落ちていく。わたしは災害。

彼はわたしを探している。わたしの目をのぞきこみ、なにかを探している。イエスを、ノーを、つづけてという合図を。わたしの望みは、彼に溺れることだけ。キスしてほしい、わたしが彼の腕のなかで倒れてしまうまで。わたしが自分の体を後に残して、ふたりだけの新たな空間に浮かび上がるまで。

言葉はいらない。

彼の唇だけがほしい。

もう一度。

濃厚で執拗なキス。まるで、もはやゆっくりしてはいられないというみたい。感じたいことがたくさんありすぎて、すべてを経験するには年月が足りないというみたい。

彼の両手がわたしの背中を上から下まで進みながら、わたしの体のあらゆる曲線を記憶していく。彼のキスがわたしの首に、喉に、肩に降ってきて、彼の息づかいが次第に荒く、速くなっていく。不意に彼の両手が髪のなかに入ってきて、わたしはくらくらしながらも、動いて、彼の首の後ろに手をのばし、彼にしがみつく。すると、氷のような熱が、痛みが、全身の細胞を襲ってきた。それは切実な望みであり、激しい欲求であり、いままでわたしが知っていると思っていた幸せな瞬間すべてに匹敵する。

わたしは壁にもたれていた。

彼がわたしにキスをする。まるで、世界が崖から転がり落ちそうになっているかのように。持ちこたえようとする彼は、わたしにしがみつくことに決めたかのように。生きることと愛に飢えていて、だれかのそばにいることがこんなにすばらしいなんて、いままで知らなかったかのように。飢え以外のものを感じたのは初めてで、どうペースを調整していいのか、どうすれば少しずつ食べられるのか、どうしたら適度にこなせるのか、わからないかのように。

パジャマのズボンが床に落ちる。そうしたのは、彼の手だ。

わたしはウォーナーの腕のなかで、タンクトップとショーツだけになってしまう。裸も同然。彼が体を引いて、わたしを見る。わたしの姿に見とれ、「なんてきれいなんだ」、「信じられないくらい美しい」といいながら、またわたしを抱き寄せる。そして抱き上げると、ベッドへ運んでいく。わたしはいつのまにか枕に頭をあずけていて、ウォーナーはわたしの腰にまたがり、もうシャツを着ていない。どこへやったんだろう？　わたしにわかるのは、自分が上を見て、彼の目の奥を見つめ、このひとときを少しも変えたくないと思っていることだけ。

彼は千億のキスを持っていて、それをすべてわたしにくれる。

彼がわたしの上唇にキスをする。

下唇にキスをする。

あごのすぐ下に、鼻の先に、額全体に、両方のこめかみに、左右の頬に、あご全体にキスをする。それから首、耳の後ろ、喉へと下りていき、

彼の両手が

わたしの体を

下へ

滑っていく。彼の体がわたしの体の下のほうへ動いていき、だんだん下がって見えなくなる。急に彼の胸がわたしの腰の上へ行き、姿が消えた。どうにか見えるのは、彼の頭のてっぺんと、肩の曲線と、呼吸に合わせて規則正しく上下する背中だけ。彼の両手はわたしの太腿をなでると、また上がってきて脇腹を通りすぎ、ウエストの後

ろを回って、ふたたび下がり、腰骨を通りすぎる。彼の指がショーツのゴムを引っかけて、わたしは息をのむ。

彼の唇がわたしのお腹に触れる。

ほんの軽いキスなのに、わたしの頭のなかでなにかが壊れる。羽毛が触れるように、わたしには見えない場所にキスされて、わたしの心は自分でもわからない千の種類の言語を話しだす。

すると、彼がわたしの体をのぼってくる。

次々にキスをして、わたしの体に燃える道をつけていき、わたしはこれ以上受け止められるのか本当にわからなくなる。死んでしまいそうな気がする。喉に嗚咽のかたまりがつかえ、喉から出たいと懇願している。わたしは彼の髪に指をからませ、上へ、わたしの体の上へ、もっと上へと引き寄せる。

キスしたい。

両手を彼の首へのばし、そのまま胸へ滑らせ、下のほうへ動かしていく。こんなふうに感じたことは、いままでなかった。こんなに強烈で、一秒一秒が爆発しそうで、息をするたびにこのまま死んでしまいそうな、触れるたびに世界を燃やしてしまいそうな感覚は、初めて。なにもかも忘れてしまう。危険も恐怖も明日への不安も忘れ、なぜ忘れて行くのか、なにを忘れていくのか、すでに忘れてしまったものがあるのかさえ、思い出せない。ほかのことを考えるなんて、とうてい無理。考えられるのは、彼のことだけ。彼の燃える目、彼の肌、彼の完璧な体。

彼はわたしに触れられても、まったく傷つかない。それどころか、わたしを押しつぶさないように気をつかい、わたしの頭の両側にひじをついて体重がかからないようにしてくれている。わたしは彼にほほえみかけているようだ。彼がにこにこしてるから。でも、それはこわばったほほえみ。彼はいままで息をするのを忘れていたかのような呼吸をしている。わたしを見る表情はどうしていいかよくわからないみたいで、こんな自分をわたしにどう見せればいいのかわからないかのようにためらっている。どうしたらこんなに無防備になれるのか、わからないみたい。

けれど、彼はここにいる。

そして、わたしも。

ウォーナーの額がわたしの額に押しつけられる。彼の肌は火照っている。ふたりの鼻が触れ合う。彼はいっぽうの腕に体重をかけ、空いたほうの手でやさしくわたしの頬をなで、わたしの顔を、まるでガラス繊維でできているかのようにそっと包む。そういえば、わたし、まだ息を止めたままだ。最後にいつ息を吐いたのかも覚えていない。

彼の目がわたしの唇へ下り、もどってくる。その目は深く、貪欲で、強い感情に溺れている。まさか、彼がこんなふうになるなんて、思いもしなかった。こんなに激しい感情が持てるなんて、こんなに人間らしくなれるなんて、こんなに本気になれるなんて思わなかった。でも、彼のそういう部分が確かに見える。そこに見える。彼の胸から引きちぎって貼りつけたかのように、彼の顔に生々しく書かれている。

彼は自分の心をわたしに差し出している。

そしてひと言口にする。ひと言ささやく。とても切ない声で。

「ジュリエット」

わたしは目を閉じる。

「これからは、ウォーナーと呼ばないでくれ」

わたしは目を開ける。

「わたしをわかってほしい」ウォーナーは息を切らし、わたしの顔にかかった髪をそっとどける。「おまえといるときは、ウォーナーでいたくない。いまからその呼び名を変えてほしい。エアロンと呼んでくれ」

もちろん、わたしは「ええ」といおうとする。彼のいいたいことはよくわかる。けれど、このひとときの静けさにひそむなにかに、とまどってしまう。このひとときににじむなにかが、彼の名前の舌触りが、わたしの頭のなかのほかの部分の扉を開けた。そこにはなにかがあって、それがわたしの皮膚を押したり引いたりして、あることを思い出させようとする。あることを伝えようとする。そして

わたしの顔をひっぱたき、

わたしのあごをなぐり、

わたしを海に放りこむ。

「アダム」

全身が氷のかたまりになる。わたしの存在全体が、吐き気をもよおしている。わたしはウォーナーの下から這いだし、体を引き、もう少しで床に落ちそうになる。この気分、この感覚、この圧倒される感じ、この絶対的な自己嫌悪がナイフとなってお腹に突き刺さっている。ナイフは鋭く、分厚く、殺傷力が高くて、わたしはとても立っていられない。自分の体をつかんで、泣くのをこらえる。だめ、だめ、だめ、こんなことあってはいけない、こんなことあっていいはずがない、わたしはアダムを愛してる、わたしの気持ちはアダムのもの、こんなことをしていいわけがない。

ウォーナーは、またわたしに撃たれたかのようだった。わたしが素手で彼の心臓に弾丸をねじこんだかのよう。彼は立ち上がったものの、立っているのがやっとで、体を震わせている。なにかいいたそうにこちらを見つめているけれど、話そうとするたびに失敗する。

「ご、ごめんなさい。本当にごめんなさい――こんなつもりじゃなかったの――こんなつもりじゃ――」

彼は聞いていない。

何度も何度も首をふり、両手を見つめ、だれかにこれは現実じゃないといわれるのを待っている。やがてウォーナーはつぶやいた。「なんなんだ？　これは夢か？」

わたしは吐きたい気分とひどい混乱に襲われる。ウォーナーがほしい。彼がほしいし、アダムもほしい。多くを望みすぎている。今夜ほど自分を怪物だと思ったことはない。

彼の顔にくっきりと刻まれた苦痛が、わたしをさいなむ。

わたしは感じる。彼の苦痛にさいなまれる自分を感じる。

顔をそむけよう、忘れよう、ついさっきの出来事を消し去る方法を探そう。必死でそうしようとしても、こんなことしか考えられない。人生は壊れたタイヤのぶらんこ、まだ生まれていない子ども、ひとつかみのウィッシュボーン（鳥の胸にある二又の骨で、ふたりで引っぱり合って長いほうが残ると願いが叶うとされている）。可能性と蓋然性、保証もなにもない未来への正しい一歩と間違った一歩。そしてわたしは、わたしはひどく間違っている。わたしの歩む一歩一歩は、すべて間違っている。いつも間違っている。わたしは歩くエラー。

こんなことは、けっしてあってはならなかった。

これは過ちだ。

「あいつを選ぶのか？」ウォーナーはろくに息もせず、いまにも倒れそう。「そういうことなのか？　おまえはわたしよりケントを選ぶのか？　いったい、なんなんだ？なにかいってくれ、いったい、いまなにが起きているのか、説明してくれ――」

「違う」わたしは息をのむ。「そうじゃない、わたしはだれも選んでない――違う――ち、違うの――」

でも、実際は選んでいる。しかも、どうしてこうなったかさえわからない。

「なぜだ？　おまえには、あいつのほうが安全だからか？　あいつに借りがあると思っているからか？　それは間違いだ」彼の声はさっきより大きくなっている。「おまえは怖がっている。むずかしい選択をするのがいやで、わたしから逃げようとしている」

「ただ、あ、あなたといっしょになりたくないだけだと思う」

「いや、おまえはわたしといっしょになりたがっている！」彼は爆発する。

「誤解だわ」

やだ、わたし、なにをいってるの？　こんな言葉、どこで見つけてきたんだろう？　いったいどこから来たのか、どこの木から摘んできたのかもわからない。ただ言葉が口のなかでどんどん大きくなって、わたしはときどき副詞や代名詞を強くかんでしまう。言葉は苦いときもあれば、甘いときもあるけれど、いまはなにもかもがロマンスと後悔と嘘の味がして、嘘つき嘘つきと、わたしの喉を下りていく。

ウォーナーはまだこちらを見つめている。

「本気でいっているのか？」懸命に怒りを抑えながら、一歩近づく。近すぎる。彼の顔がはっきり見えて、唇もはっきり見えて、顔に刻まれた怒りと苦悩と不信が見えて、わたしはもう立っていられるかどうかわからなくなる。この脚はあまり長くもちそうにない。

「え、ええ」また木から言葉を摘む。口のなかで嘘をついている木から、わたしの唇で嘘ばかりついている木から。

「なら、わたしの誤解だな」ウォーナーは低い声で、とてもひっそりと口にする。「おまえがわたしをほしがっていると思ったのも、おまえがわたしといっしょになりたがっていると思ったのも」彼の指がわたしの両肩から腕をかすめ、彼の手がわたしの体の両脇を滑り、わたしの体をくまなくたどっていく。わたしは口をきつく結び、うっかり真実をもらしてしまわないようにする。でも、失敗、失敗、失敗。いまわかる真実はこれだけ――わたしはどうにかなってしまいそう。

「なにかいってくれ、ジュリエット」ささやく彼の唇がわたしのあごに触れている。「わたしには見る目もないか？」

わたしは本当に死んでしまいそう。

「おまえの道化になるつもりはない！」ウォーナーは急にわたしから離れた。「おまえへのこの気持ちをもてあそぶのは許さない！　わたしを撃ったときのおまえの決断は尊重できた、ジュリエット。だが、これは――ついさっき、おまえのしたことは――」彼は口もきけなくなり、片手で顔をなでると、両手を髪に突っこんだ。いまにも叫びだしそうに見える。なにかを壊しそうに見える。本当に、実際に、いまにも頭がおかしくなりそうに見える。ようやく口を開いた彼の声は、ざらついたつぶやきのようだった。「あれは卑怯者のする遊びだ。おまえはもう少しマシな人間だと思っていた」

「わたしは卑怯者なんかじゃ――」

「なら、自分に正直になれ！　わたしに正直になれ！　本心をいえ！」

わたしの頭は床の上をごろごろ転がり、コマのように回転し、くるくるくるくるくるくる回って止められない。世界が回るのを止められず、わたしの混乱は罪悪感に流れこみ、罪悪感はたちまち怒りに進化する。そしていきなり沸騰し、ぐつぐつと表面に押し寄せて、わたしは彼を見る。震える両手を握りしめる。「じゃあ、本心をいってあげる！　あなたのことをどう思っていいのか、まったくわからない！　あなたの行動も、ふるまいも――まるで一貫性がない！　わたしにひどい態度を取ったかと思えば、今度はやさしくしたり、愛しているといったりする。そのくせ、わたしの大切な人たちを傷つける！」

「それに嘘つきだわ」わたしはぴしゃりといって、彼から後ずさる。「あなたは自分のすることなんか気にしないという。他人なんかどうでもいい、自分がほかの人たちにしたことなんか気にしていないって。でも、そんなこと信じない。あなたは隠れてるだけよ。本当のあなたは、そういう破壊的な表面の下に隠れている。あなたは自分で選んだいままでの人生よりマシな人生を送る価値がある。あなたは変われるし、違う人間になれる。わたしは、あなたを心からかわいそうだと思う！」

　こんな言葉が、どうしようもなく愚かな言葉が、口からこぼれだして止まらない。

「ひどい子ども時代を送ったこと、あんなに情けないくだらない父親を持ったことを、かわいそうに思う。いままでだれもあなたの可能性に賭けようとしなかったことは、かわいそうだと思う。あなたのしてきた決断も。その決断に縛られていると感じていること、自分は変われない怪物だと思っていることを、かわいそうだと思う。でも、なによりもかわいそうなのは、自分に対して冷酷なところよ！」

　ウォーナーは顔をひっぱたかれたかのようにひるんだ。

　ふたりのあいだの沈黙が罪のない千の秒数を殺したころ、彼がやっと口を開く。その声はどうにか聞きとれるくらいで、生々しい驚きに満ちている。

「わたしを憐れむのか」

　わたしは息をのむ。決心が揺らぐ。

「わたしは破綻した事業のようなもので、おまえなら修復できるとでも思っているのか」

「違う――そんなこと――」

「わたしがこれまでどんなことをしてきたか、知りもしないくせに！」憤(いきどお)りの言葉とともに前に出る。「わたしがなにを見てきたか、どんなことをさせられてきたか、おまえは何も知らない。わたしになにができるか、どれほどの情けに値する人間か、おまえはわかっていない。わたしは自分の心の内くらいわかっている」ウォーナーはぴしっという。「自分が何者かくらいわかっている。偉そうにわたしを憐れむな！」

どうしよう、脚が動いてくれない。

「おまえなら、真のわたしを愛せると思っていた。神に見捨てられたこの世界で、ありのままのわたしを受け入れられるのはおまえだけだと思っていた！　ほかでもないおまえなら、理解してくれると思っていた」彼の顔がわたしの顔の真ん前に来る。「だが、誤解だった。まったく、とんでもない誤解だった」

ウォーナーは後ずさり、自分のシャツをつかむと、背を向けて出て行こうとする。行かせるべきだ。この部屋から、わたしの人生から出ていかせるべきだ。でも、できない。わたしは彼の腕をつかんで、引きもどす。「待って——そんなつもりでいったんじゃないの——」

彼はぱっとふり返る。「同情などいらない！」

「あなたを傷つけるつもりはなかった——」

「真実とは不快なものだ。わたしが嘘のなかで生きるほうがいいと思った理由を、思い出させる」

彼の目に浮かぶ表情が耐えられない。彼が隠そうともしない、みじめな恐ろしい苦痛に耐えられない。どういえばこの状況を変えられるのか、わからない。どうしたら自分のいったことを取り消せるのか、わからない。

ただ、彼に去ってほしくないことはわかる。

こんなふうに去ってほしくない。

ウォーナーは口を開きそうに見えたけれど、気が変わったようだ。短く息を吸い、唇を引き結び、言葉がもれないようにしている。それなら、わたしがなにかいおう、もう一度がんばってみようと思ったとき、彼が震える息を吸いこんでいった。「さよなら、ジュリエット」

その言葉がどうしてこんなにつらいのか、わたしにはわからない。なぜ、急に不安になるのか、理解できない。理由を知りたい、口に出してそういわなきゃ、質問をしなきゃ。でも、それは質問にならない。「これが最後ね」

わたしが見つめていると、彼は必死で言葉を探し、こちらを向いたかと思うと背を向けた。その瞬間、なにかが起きたのがわかった。彼の目がいつもと違う。なにかの感情で光っている。彼がそんな感情を持つことがあるなんて、わたしは夢にも思っていなかった。そしてわかった。彼がこちらを見ようとしない理由がわかった。とても信じられなくて、わたしは床に倒れてしまいたくなる。彼は自分と闘い、口をきこうと闘い、声の震えを抑えようと闘って、ついにこういった。「ああ、そう願いたいものだ」

それで、おしまい。

ウォーナーは出ていく。

わたしは真っ二つに割れ、彼は去った。

彼は永久に去ってしまった。

朝食は試練だった。

ウォーナーが姿を消し、大騒ぎになっていた。

どうやって逃げたのかは、だれにもわからない。どうやって部屋を抜け出し、ここからの出口を見つけたのかわからず、だれもがキャッスルを責めている。キャッスルが愚かにもウォーナーを信じ、チャンスをやり、彼が変わるかもしれないなどと思いこんだからだといっている。

怒り、という表現では生易しいほどの攻撃性が、いまここにある。

けれどわたしは、ウォーナーが昨夜すでに自分の部屋を抜け出していたことを、みんなにはいわない。ウォーナーなら出口を見つけるのに大して苦労しなかっただろう、ともいわない。ウォーナーは馬鹿じゃないと説明するつもりもない。

彼なら、たやすく出口を見つけたに違いない。見張りの目を逃れる方法も見つけていたはずだ。

いま、みんなは戦闘の準備をしているけれど、その理由は恐ろしいものになっていた。みんな、ウォーナーを殺したいのだ。第一の理由は、いままで彼がしてきたこと。第二は、みんなの信頼を裏切ったこと。それよりみんなが心配しているのは、ウォーナーがここの機密を漏らすのではないかということだ。わたしには、彼が出ていく前にここの機密を発見できたかどうかはわからない。けれど、いま起こっていることはどれも、いいことであるはずがない。

だれも朝食には手もつけていない。

全員身支度を整え、武器を持ち、即死の可能性もある事態に立ち向かう覚悟をしていて、わたしは麻痺状態に近い感じになっている。ひと晩じゅう眠れず、心も頭も痛い。手足の感覚はなく、食べていないけれど味もわからないと思う。それにまっすぐものを見ることができず、きちんと聞かなくてはいけない話に集中できない。考えられるのは、どれだけの死傷者が出るか、首に触れたウォーナーの唇の感触、わたしの体を這った彼の手、彼の目に浮かんだ苦悩と情熱、今日自分がどんなふうに死ぬのか、考えられるたくさんの死に方だけ。考えられるのは、ウォーナーに触れられたこと、キスされたこと、彼の思いに苦しんだこと、アダムがわたしのしたことなどなにも知らずに、横にすわっていることだけ。

そんなことは、きっと、今日が終わればなんの意味もなくなる。

たぶん、わたしは死ぬ。たぶん、１７年間の苦しい人生はむだに終わる。たぶん、わたしは地球上からいなくなり、永久に消えてなくなり、わたしの青臭い苦悩なんてあとから見るとバカバカしい笑える思い出になっているだろう。

でも、ひょっとしたら、生き延びるかもしれない。

ひょっとしたら、わたしは生き延び、自分の行動が招いた結果と向き合わなくてはならなくなるかもしれない。自分に嘘をつくのをやめ、本気で決断しなくてはならなくなるかもしれない。

他人の頭に弾丸を撃ちこむことになにも感じない人への気持ちと闘っている事実と、ちゃんと向き合わなきゃ。わたしは怪物になってしまうのかもしれない、自分のことしか考えない恐ろしい怪物に、本当になってしまうのかもしれない。そういう可能性を考えてみなきゃ。

もしかしたら、ウォーナーのいっていたことは正しかったのかもしれない。

ひょっとしたら、彼とわたしはそれこそ理想の組み合わせなのかもしれない。

ほとんどの人が、列をなして食堂から出ていった。オメガポイントに残るお年寄りと子どもたちに、最後の別れのあいさつをしている。ジェイムズとアダムの兄弟も、今朝がた、たっぷりと別れのあいさつをすませたばかりだ。アダムとわたしは約１０分後に出発しなくてはならない。

「やれやれ。だれか死んだのか？」

その声にぱっとふり向くと、ケンジがいる。彼も食堂にいたんだ。わたしたちのテーブルの横に立っていて、いまにも倒れそうに見えるけれど、ちゃんと目は覚ましている。生きている。

息をしている。

「おい」アダムは息をのむ。「嘘だろ」

「また会えてうれしいよ、アダム・ケント」ケンジは唇をゆがめてにやりと笑い、わたしに会釈した。「敵をやっつける準備はできてるか?」

　わたしはケンジにタックルする。

「うわっ——おい——ありがとう、わかった——わかったから——その——」ケンジは咳ばらいをして、なんとかわたしから離れようとする。わたしははっとして後ずさった。といっても、顔以外はすべておおい隠してある。手袋と例のメリケンサックをはめ、レオタードのような服は首までファスナーを閉めてある。普段のケンジなら、わたしから逃げたりしないのに。

「なんていうか、その、しばらくはおれにさわるのを控(ひか)えてもらえないか?」ケンジはほほえもうとする。冗談っぽくしようとしている。それでもわたしには、その言葉の重みと、彼が懸命に隠そうとしているかすかな恐怖がわかる。「まだ、足が安定しなくてよ」

　顔が熱くなり、ひざから力が抜けて、すわりこみたくなる。

「ジュリエットのせいじゃない」アダムがいう。「彼女はおまえに触れもしなかった。おまえだってわかってるだろう」

「いいや、わかってるとはいえないね」とケンジ。「それに、彼女を責めてるわけでもねえ——ただ、彼女が自分でも知らないうちに、自分の力を投射していたかもしれねえっていってるんだ。よく考えてみたが、ゆうべの出来事を説明できるものは、それしかねえ。まず、おまえの仕業じゃねえのは明白だろ？」アダムにいう。「それに、おれたちの知るかぎり、ウォーナーがジュリエットにさわれたのは、ただの偶然だったはずだ。やつのことは、まだなにもわかってねえ」そこで言葉を切って、あたりを見回す。「だろ？　昨夜おれが死にかかってるあいだに、ウォーナーの魔法みてえな力が見つかったわけじゃねえだろ？」

　アダムは顔をしかめる。わたしはなにもいわない。

「そうだろ？」とケンジ。「それがおれの考えていたことさ。そういうこった。だから、どうしても必要という事態でないかぎり、彼女から離れているのがいちばんだと思う」そういって、わたしのほうを向く。「わかったか？　悪気があるわけじゃねえからな？　なにしろ、こっちは死にかけたわけだし。あんたならわかってくれると思ってる」

「ええ、もちろん」そういっている自分の声も、ほとんど聞こえない。わたしは笑おうとする。ふたりにウォーナーのことをだまっている理由を探す。わたしはどうして、まだウォーナーを守ってるの？　~~それはたぶん、わたしも彼と同罪だからだ。~~

「それはそうと」ケンジがいう。「おれたちは、いつ出発するんだ？」

「バカなことをいうな」アダムが怒る。「おまえが行くわけないだろ」

「ちぇっ、おれは行かねえのか」

「自分の足で立つのもやっとじゃないか!」

アダムのいうとおりだ。ケンジはテーブルを支えにしている。

「ここでバカみてえにすわってるより、戦闘で死ぬほうがましだ」

「もう、ケンジってば――」

「それより」ケンジはわたしをさえぎった。「ゆうべ、ウォーナーがここを出ていったってやけに噂になってるが、どういうこった?」

アダムは変な音を立てた。笑い声とはいえない。「ああ。わかるやつなんか、いないよ。もともとおれは、あいつを人質としてここに置いておくのはまずいと思っていた。あいつを信じるなんて、バカもいいところだ」

「つまり、まずおれの考えを侮辱して、さらにキャッスルの考えを侮辱するのか、ええ?」ケンジが眉をひそめる。

「どっちもまずかった」アダムはいう。「まずいアイデアだった。だから、いま、そのつけを払うことになったんだ」

「けど、あのときのおれに、アンダースンが喜んで自分の息子を捨てるなんて、わかるわけないだろうが?」

アダムがひるみ、ケンジは態度を変えた。

「あ、いや——わりい、わりい——そんないい方をするつもりじゃなかった——」

「いいって」アダムがさえぎった。急に険しく、急に冷たく、心を閉ざした表情になる。「そろそろ、医療棟にもどったほうがいいんじゃないか。おれたちはもうすぐ出発する」

「オメガポイントの外だったら、どこでも行ってやる」

「ケンジ、たのむから——」

「やだね」

「無茶いわないで。これはジョークじゃないの。みんな、今日、死んじゃうのよ」ところが、ケンジはわたしを笑う。まるで、わたしが遠回しにおもしろいことをいったみたいに、こちらを見ている。「失礼、このおれに、戦争とはなにか教えようとしてるのか?」ケンジは首をふる。「忘れたのか? おれはウォーナーの軍隊で兵士をやってたんだぞ。そのころ、おれたちがどれだけひでえものを見てきたか、わかるか?」そういって、自分とアダムを指す。「今日、どんなことが待ち受けているかくらい、ちゃんとわかってる。ウォーナーはイカれてた。父親で総督のアンダースンが息子の倍くらいの悪人だとしたら、おれたちはまっすぐ大虐殺の現場に飛びこんでいくようなものだ。おまえらを、おれ抜きでそんなところに行かせるわけにはいかねえ」

けれど、わたしはある部分にひっかかった。ある言葉に。わたしはどうしても確かめたくなる。「彼って、本当にそんな悪人だったの……？」

「だれが？」ケンジがまじまじとわたしを見る。

「ウォーナー。本当に、彼はそんなに残虐だったの？」

ケンジは笑いだした。体をふたつ折りにして大笑いしている。そして苦しそうにこういった。「残虐かって？　ジュリエット、あいつは病気さ。ケダモノだ。人間ってのがどういうものかすら、わかってねえ。もし地獄ってものがあるとしたら、それはやつのために特別に設計されたものだと思うね」

わたしのお腹に刺さったこの剣を抜くのは、とてもむずかしい。

慌ただしい足音。

わたしはふり向いた。

この地下の世界から出るときは、きちんと全員一列になって地下通路から出ることになっている。まだみんなに合流していない戦士は、ケンジとアダムとわたしだけだ。

三人とも立ち上がる。

「おい——おまえなにをしてるか、キャッスルは知ってるのか?」アダムはケンジを見ている。「おまえが今日戦闘に参加するのを、キャッスルが許すとは思えない」

「キャッスルはおれの幸福を望んでる」ケンジは当然のようにいう。「おれはここに残っても幸福じゃねえ。おれにはやるべきことがある。救うべき人々がいる。女たちにかっこいいところを見せてやりてえ。キャッスルだって、そこは尊重してくれるさ」

「ほかの人のことは?」わたしはケンジにたずねる。「みんな、ケンジのことをすごく心配してたのよ——もう、みんなに顔を見せた? せめて、おれはだいじょうぶだくらい、いってあげた?」

「いいや」とケンジ。「おれが行こうとしてると知ったら、すげえ怒るだろうからな。こっそりやるほうがいいと思ったんだ。だれも興奮させたくないし。それにソーニャとセアラは——気の毒に——へとへとになっちまってる。あの女の子たちをそこまで疲れ果てさせたのは、おれだ。彼女たちはそれでも今日の戦闘に出るといっている。おれたちがアンダースンの軍と戦えば、彼女たちには山のような仕事ができるってえのに。ここに残るように説得してみたが、いやあ、あそこまで頑固になれるとはな。

彼女たちは体力を残しておかなきゃならねえ。なのに、その体力を、すでにおれのためにかなりムダにしちまった」

「むだなわけないでしょ――」

「とにかく」とケンジはつづける。「急がねえか？　おまえがアンダースンを捕えようとしてるのはわかってる」アダムに向かっていう。「おれか？　おれはウォーナーをとっ捕まえてやる。あのカス野郎に鉛の弾を撃ちこんで、始末してやる」

なにかに力いっぱいお腹をなぐられた感覚に襲われ、わたしは吐きそうになる。視界に点々があらわれて、倒れないように足を踏んばる。脳裏に浮かぶウォーナーの赤く染まった死体を、懸命に無視する。

「おい――だいじょうぶか？」アダムがわたしを隣に引き寄せ、わたしの顔をじっと見る。

「だいじょうぶ」わたしは嘘をつく。やたらとうなずき、一回、二回と首をふる。「昨夜、あまり眠れなくて。でも、問題ないわ」

アダムはためらう。「本当か？」

「もちろん」また嘘をつく。少しして、彼のシャツをつかんだ。「ねえ――外に出たら気をつけて」

アダムは大きく息を吐き、一度うなずく。「ああ。君もな」

「ほら、行くぞ、行くぞ、行くぞ！」ケンジが割りこむ。「今日はおれたちの死ぬ日だ、へなちょこども」

アダムが彼を小突く。

「なんだよ、体の不自由な人間に乱暴するのか？」ケンジはふらついて足を踏んばると、アダムの腕をたたいた。「心配は戦場までとっときな、兄弟。あっちで必要になる」

遠くで、甲高い笛の音がひびいた。


出発の時間だ。


雨が降っている。

世界が足元で、わたしたちがしようとしていることを心配して泣いている。

わたしたちは数人ずつに分かれ、グループでかたまって戦うことになっている。そうすれば、一気に全滅させられることはない。攻勢に出るには人数が足りないので、姿を隠して行動しなくてはならない。認めるのは後ろめたいけれど、わたしはケンジがいっしょに来る決心をしてくれてとてもうれしい。彼がいてくれて、心強い。

まず、雨の当たらないところに行く必要がある。

みんなすでにびしょぬれで、ケンジとわたしは少なくとも気温の変化や雨から守ってくれる特別な服を着ているけれど、アダムはござっぱりした木綿の服しか着ていない。こんな状態では、わたしたちは長く持たないいんじゃないかと不安になる。仲間はみんな、すでに散らばっている。オメガポイントの地下施設の上はただの荒れ地なので、地上に出るときはかなり危険だ。

けれど、ラッキーなことにケンジがいる。わたしたち3人の姿は、目に見えない。

アンダースンの軍はここから遠くないところにいる。

わたしたちが知っているのは、アンダースンは到着して以来、徹底して自分の力と再建党の掌握力を強調してきたことだけ。反対の声はすべて、どんなに小さく弱いものでも、なんの脅威もなく無害であっても、ひとつ残らずだまらせてきた。アンダースンは、わたしたちが反乱を助長したことに怒って、声明を発表しようとしている。彼の真の望みは、わたしたちを抹殺することだ。

気の毒な市民は、わたしたちの巻きぞえになってしまったのだ。

銃声。

わたしたちは反射的に、遠くでひびく音のほうへ向かう。ひと言もしゃべらない。自分たちがするべきこととその方法はわかっている。わたしたちのただひとつの任務は、虐殺の現場へできるかぎり接近し、アンダースン側の兵士をひとりでも多く排除すること。そして罪のない人々を守り、オメガポイントの仲間を支援する。

まず、なによりも、命を落とさないように心がける。

遠くにだんだん居住区の輪郭が見えてきたけれど、雨で視界が悪い。あらゆる色が混ざりあい、地平線に溶けていて、前方になにがあるのか見極めるには目をこらさなくてはならない。わたしは本能的に背中につけたホルスターの銃に触れていて、一瞬、前回アンダースンに会ったときのことを思い出す。あの恐ろしい卑劣な男と会ったのは、あの一回だけだ。彼はどうなったんだろう？　重傷を負ったかもしれないというアダムの言葉が正しいなら、たぶんまだ療養中だと思う。アンダースンは戦場に姿をあらわすだろうか？　それとも、自分の起こした戦争でも戦わないほど卑怯なのだろうか？

悲鳴が聞こえ、わたしたちは目的の場所に近づいていることがわかった。

周囲の世界は、青と灰色とまだらな色合いと木々のぼやけた風景になっている。まだ立っているわずかな木々は、自分の幹を裂いて生えてきた震える百本の腕を、祈るように空へのばし、自分たちが根付いている悲劇からの救いを求めている。それを見るだけで、わたしたちのしてきたことに無理やり巻きこまれてきた動植物に、申し訳なくなる。

動植物がこんな世界を望んだわけじゃない。

ケンジの先導で居住区のはずれへ向かい、そっと進んで、小さな四角い住居の壁に張りつく。そこの少し張りだした屋根の下に身を寄せると、少なくともしばらくは、空から降ってくる拳から逃れられる。

風が窓をガタガタ鳴らし、壁に吹きつけている。屋根に当たる雨は、ガラス板にポップコーンがぶつかるような音を立てている。

空からのメッセージは明白だ――もう、うんざり。もう、うんざり。あなたたちに罰をあたえましょう。あなたたちがさんざん流した血の報いを受けてもらいましょう。もうこれ以上、二度とふたたび、なにもせずに傍観したりはしません。あなたたちを破滅させます。――空はわたしたちにそういっている。

――どうして、こんなことができるの？

空は風にのってささやく。

――あなたたちに、なにもかもあたえてきたのに。

空はわたしたちにいう。

――なにもかも、二度と元にはもどらないでしょう。

それにしても、なぜ軍隊の気配がどこにもないんだろう？　オメガポイントのほかの仲間もいない。人の姿がまったくない。それどころか、この居住区は少し静かすぎる気がしてきた。

移動したほうがいいといおうとしたとき、ドアが乱暴に開く音が聞こえた。

「これで全員だ」だれかが声を張り上げた。「女はここに隠れていた」ひとりの兵士が、わたしたちが張りついている住居から、泣き叫ぶ女の人を引きずり出す。悲鳴を上げ、命乞いをし、夫のことをたずねる女の人を、兵士は怒鳴りつけてだまらせた。

わたしは目と口からあふれだしそうな感情を、必死でこらえる。

しゃべらない。

息もしない。

どこか見えないところから、もうひとりの兵士がやってきた。なにかを許可するような言葉を怒鳴り、両手でわたしにはわからない合図をする。隣でケンジの体がこわばるのがわかった。

なにかおかしい。

「その女は、ほかの連中といっしょに放りこんでおけ」ふたりめの兵士が怒鳴る。「それをもって、この地区は完了とする」

女の人は半狂乱で金切り声を上げ、兵士を引っかきながら、しきりにうったえている。わたしはなにも悪いことはしていない、夫がどこにいるのかわからない、どこを探しても娘が見つからない、いったいなにが起きているの？　そう泣き叫びながら、自分を動物のようにつかんでいる兵士に拳をふり回している。

兵士は女の人の首に銃を押しつけた。「黙れ。撃ち殺されたいのか？」

女の人は何度か大きくしゃくりあげると、やがてぐったりした。兵士の腕のなかで気絶したのだ。兵士はうんざりした顔で彼女を引っぱっていき、見えなくなった。ほかの人々を収容しているところへ向かったのだろう。いったい、なにが起きているの？　どうなっているのか、さっぱりわからない。

わたしたちは彼らを追った。

風雨が勢いを増し、あたりは騒々しい。兵士たちとはかなり距離があるので、話をしても危険はなさそうだ。わたしはケンジの手をぎゅっと握る。彼はまだわたしとアダムのあいだで手をつなぎ、特殊能力で三人の姿が見えないようにしてくれている。

「なにが起きてるの?」わたしはたずねた。

　ケンジは少しして答えた。

「やつらは、いっせいに市民を集めている。人々をいくつかのグループに分けておいて、一気に殺すつもりだ」

「さっきの女の人は——」

「ああ」ケンジの咳ばらいが聞こえた。「彼女もほかの人たちも、反乱に関わりがあると思われているんだ。再建党が処刑するのは、反乱を扇動する者だけじゃない。彼らの友人や家族も処刑する。民衆を従わせるには、それがいちばんだ。生き残った人間を、確実に震え上がらせるからな」

　わたしはこみ上げてくる吐き気を、ぐっとのみこむ。

「そこから人々を逃がす方法があるはずだ」アダムがいう。「たぶん、おれたちで見張りの兵士を始末できる」

「そうだな、だが聞いてくれ、おれはいずれ、おまえたちの手を放さなけりゃならねえ。わかるだろ? おれはすでに体力を消耗している。普段より力が衰えるのが早い。いずれ、おまえたちの姿は見えるようになる。格好の標的になるってことだ」

「でも、ほかに選択肢がある?」とわたし。

「ひとりずつ狙う方法ならいけるかもな」ケンジはいう。「真っ向から戦うわけにはいかねえが、ひとりずつ狙うなら可能性はある」少しして、つづける。「ジュリエット、あんたには、こういう状況に置かれた経験がねえ。だから、いっておく。もし、あんたが攻撃にさらされる場所に近づきたくないと思うなら、おれはそいつを尊重する。あの兵士たちについていった先で目にするかもしれないことには、だれでも耐えられるわけじゃねえ。それは恥ずかしいことでも、非難されることでもない」

口のなかに金属の味を感じながら、わたしは嘘をつく。「わたしなら、だいじょうぶ」

ケンジはしばらくだまっていた。「そうか——わかった——けど、いざというときは、遠慮せずに自分の力を使って身を守れ。あんたが人を傷つけるのをいやがる変わり者だってことは知ってる。だが、連中はあんたを殺すのをためらいはしねえ」

姿が見えないのはわかっているけれど、わたしはとにかくうなずいた。「そうね、わかった」でも、心のなかはパニックだ。

「行きましょう」わたしは小声でいった。

ひざの感覚がない。

２７人が広々とした荒れ地の真ん中で、横一列に並んで立っている。男、女、子ども、年齢も体の大きさもさまざまだ。そんな人々が全員、銃殺隊らしき６人の兵士の前に立っている。雨は怒ったように激しく降りそそぎ、あらゆるものとあらゆる人に涙の礫（つぶて）を浴びせている。わたしの骨と同じくらい固くて痛い涙の礫を。風は逆上したように吹き荒れている。

兵士はどうするか考えていた。どうやって人々を殺すか。まっすぐ見返す２７対の目をどう処分するか。泣きじゃくっている人や、恐怖と嘆きと憎悪に震えている人もいるけれど、それ以外の人は死に直面してもなお、堂々と立ち、冷静さを失っていない。

兵士のひとりが発砲した。

男がひとり地面にくずれおち、わたしは背骨を鞭で撃たれたような衝撃を感じた。ほんの数秒のあいだに、あまりに多くの感情がわたしのなかに流れこんでは出ていって、気絶してしまうのではないかと怖くなる。動物のように夢中で意識にしがみつき、涙をのみこみ、体をつらぬく痛みを無視する。

わからない。なぜ、だれも動こうとしないの？　どうして、わたしたちは動かないの？　なんで、だれも逃げようとしないの？　そこで、ふと思う。だんだんわかってくる。逃げることも反撃することも、ぜったいに不可能だからだ。完全に制圧されているうえに、銃もない。どんな武器も持っていない。

でも、わたしは持っている。

わたしには銃がある。

2丁もある。

いまこそ、わたしたちが出ていくときだ。この場こそ、わたしたち3人が戦う場所だ。3人の若者が戦って26人の市民を救うか、命を落とすか決める場所。わたしの目は、小さな女の子に釘づけになる。ジェイムズとそんなに変わらない年で、目を見開き、おびえきって、恐怖のあまりすでにズボンの前をぬらしている。その姿に、わたしはびりびりに引き裂かれ、さいなまれる。準備はできている、とケンジに告げたとき、わたしの手はすでに銃にのびていた。

さっきの兵士が次の犠牲者に銃口を向けたとき、ケンジがわたしたちの手を放した。わたしたちの構えた3丁の銃が、狙いを定める。銃声がひびき、弾が飛び出す。一発が兵士の首に命中したけれど、わたしの撃った弾かどうかはわからない。

そんなこと、いまはどうでもいい。

まだ兵士は5人残っていて、敵にはもう、わたしたちの姿が見えるのだ。

わたしたちは走る。

飛んでくる弾をよけながら走っていると、アダムがぱっと地面に伏せるのが見えた。彼の射撃の腕は最高だけれど、まだ命中していない。ケンジはどこだろうと周囲を見回すと、どうやら姿を消しているらしく、わたしはほっとする。3人の兵士がほとんど同時に倒れた。残りの兵士が気をとられているうちに、アダムがすかさず四人目を倒す。わたしは五人目を後ろから撃つ。

その兵士が死んだかどうかは、知らない。

集められていた人々についていきてと叫びながら、わたしたちは彼らを居住区へもどらせ、体を低くして見つからないようにと大声で注意する。もうすぐ助けが来る、わたしたちがなんとしてもみなさんを守るからと伝えると、人々は手をのばしてきて、わたしたちにさわろうとしたり、お礼をいおうとしたり、握手しようとしたりしてきた。でも、そんな時間はない。急いで人々を少しでも安全なところへ行かせ、残りの虐殺現場へ駆けつけなくてはならない。

救えなかったひとりの男の人を、わたしはまだ忘れていない。27という数字も忘れない。

こんなことは二度と起きてほしくない。

わたしたちは同じような居住区を、何キロも全力で走っていく。姿を消すこともせず、確実な作戦があるわけでもない。相変わらず、だれも口をきかない。すでにしたことや、するかもしれないことを話し合ったりもしない。わたしたちにわかるのは、進みつづけなくてはいけないということだけ。

わたしたちはケンジについていく。

破壊された住居のかたまりのあいだを縫うように進むうちに、とてつもなくひどいことが起きてしまったのがわかった。どこにも生きている物の気配がない。市民の住居として使われていたせまい金属製の箱は、完全に破壊されている。住居が壊されるとき、なかに人がいたかどうかはわからない。

ケンジが、けっして油断するなと注意する。

規制された区域——市民の居住区になっている場所——をさらに奥へと進んでいくと、やがて大勢の足音と低い機械音が聞こえた。

戦車だ。

電気で動くので街中を通行しても目立ちにくいけれど、聞き覚えのある低い電子音でわたしにはすぐわかる。アダムとケンジも、もちろんわかる。

わたしたちはその音を追った。

強い向かい風が、わたしたちを押しもどそうとする。まるで状況を知っているかのようだ。この居住区の向こう側で待ち受けているものから、わたしたちを守ろうとしているみたい。わたしたちにそれを見せたくない、今日死んでほしくないといっているみたいだ。

なにかが爆発した。

わたしたちの立っている場所から15メートルも離れていないところで、激しい炎が大気を引き裂く。炎は大地をなめ、酸素を吸いつくす。雨でさえこの破壊現場を一気に水びたしにすることはできない。炎は風に激しく揺れて勢いを失い、空に降参しようとしている。

とにかく、あの火のところへ行かなければ。

ぬかるみに足をとられながら、必死に進む。走っていると寒さを感じない。体がぬれている感覚もない。感じるのは、アドレナリンが全身を駆けめぐり、体を前へ進ませてくれること、手には銃をきつく握りしめていることだけ。銃はいつでも狙いを定めて撃てるようになっている。

ところが、燃えている現場に着くと、わたしは銃を落としそうになった。

地面に倒れそうになる。

自分の目が信じられない。

死んでる、死んでる、死んでる、そこらじゅうで死んでる。

おびただしい数の死体が土にまみれ、地面にめりこんでいる。敵の死体か、味方の死体かもわからない。わたしはどういうことだろうと思い始め、自分自身と手のなかの武器の力を疑い始める。そして、こう思わずにはいられない。この兵士たちも、彼らも、アダムと同じ境遇かもしれない。親を亡くして苦労している、ほかの百万人の人たちと同じように、ただ生き延びるために、唯一ありつくことのできた軍の仕事をしているだけかもしれない。

わたしの良心が、わたしの良心に、宣戦布告した。

わたしはまばたきで涙と雨粒と恐怖をふりはらう。足を止めてはいけない、前へ進んで、敢然（かんぜん）と立ち向かう。戦わなきゃ。否（いや）も応もない。こんなことを放っておくわけにはいかない。

そのとき、後ろから、いきなりつかみかかられた。

だれかに押さえつけられ、顔が地面にめりこみ、わたしは足をばたつかせる。大声を上げようとしたけれど、握っていた銃をもぎ取られ、背中をひじでなぐられた。アダムとケンジは近くにいない。ふたりは戦いの真っ只中だ。わたしはもうすぐ死ぬ。これでおしまいだとわかっているのに、なぜか現実感がない。まるで、だれかほかの人が語っているお話みたい。死は、自分の知らない人たちにしか訪れない、どこか遠くの不思議なもののよう。自分や身近な人たちには、ぜったいに訪れないはずのもの。

でも、死はここにやってきた。

死は、わたしの後頭部に突きつけられた銃と、背中を踏みつけているブーツ。わたしの口いっぱいの泥。わたしが本気で生きてこなかった、価値のない無数の時間。死はわたしの目の前にいる。はっきりと見える。

だれかに体をひっくり返された。

わたしの頭に銃を突きつけていた人が、今度はわたしの顔に銃を向け、まるで心を読もうとするかのようにわたしを検分する。わたしはとまどう。彼の怒った灰色の目も、こわばった口元も、理解できない。彼は引き金を引こうとしない。わたしを殺そうとしない、そのことに、なによりもそのことに、わたしは呆然としてしまう。

手袋をはずさなきゃ。

わたしを捕えている男がなにか怒鳴っているけれど、なにをいっているのかわからない。わたしに話しかけているのではないし、こちらを向いているわけでもない。だれかほかの人に向かって声を張り上げている。そのすきに、わたしは左手のメリケンサックを引っぱってはずす。メリケンサックはぽとりと地面に落ちた。手袋をはずさなきゃ。手袋をはずさなきゃ、それが生き延びる唯一のチャンスだ。雨で革がぬれて肌にはりつき、なかなかはずれない。兵士がふり返るのが、早すぎた。彼はわたしのしようとしていることに気づくと、わたしを引っぱって立たせ、ヘッドロックをかけてわたしの頭に銃を突きつけた。「おまえのしようとしていることくらい、お見通しなんだよ、気味の悪い女め。おまえのことは聞いている。少しでも動いてみろ、撃ち殺すぞ」

なぜか、わたしは彼のいうことを信じない。

この男がわたしを撃つとは思えない。撃ちたければ、とっくに撃っているはずだ。なのに、なにかを待っている。わたしにはわからないなにかを待っている。すぐに行動を起こさなきゃ。作戦を立てなきゃと思うのに、なんのアイデアも浮かばない。わたしはただ彼の袖におおわれた腕を、わたしの首に巻きつく筋肉をひっかくだけ。すると、彼はわたしを揺さぶり、動くなと怒鳴って、さらに首を絞めつけた。わたしは息苦しくて、彼の前腕をつかみ、首を絞めつける万力のような力と戦おうとする。息ができない。わたしはあせった。彼に殺されることはないという確信が急に薄れ、わたしは彼の叫び声を聞くまで自分のしたことに気づきもしなかった。

彼の腕の骨が、粉々に砕けている。

彼は地面に倒れ、銃を落として自分の腕をつかみ、激痛に叫んでいる。わたしは自分のしたことを、つい後悔しそうになる。

けれど、そんなことはしないで、駆けだす。

たった数歩で、さらに3人の兵士が体当たりしてきた。さっき仲間をひどい目に遭わせたわたしを警戒している。彼らはわたしの顔を見て、はっと気づいた。彼らのうちのひとりに、わたしはなんとなく見覚えがある。あのぼさぼさの茶色い髪を、前に見たことがある気がする。そうだ、彼らはわたしを知っている。基地でウォーナーに囚われていたころのわたしを、知っている。ウォーナーはわたしを使って、見世物じみたことをした。兵士がわたしの顔を知っているのも、当然だ。

ということは、彼らがわたしを逃がすはずはない。

3人の兵士に突き飛ばされ、わたしはうつ伏せに倒れて両腕両脚を押さえつけられた。手脚を押しつぶすつもりかと思うほど、押さえつけてくる。わたしは反撃しようとする。気持ちを集中して力をこめ、兵士たちを跳ね返そうとしたとき、不意に頭をなぐられた。意識が遠のいていく。

物音が混ざりあい、人の声はただの雑音になって、色が見えなくなる。自分の身になにが起きているのかもわからない。もう、脚の感覚がない。自分が歩いているのか、運ばれているのかもわからないけれど、雨は感じる。顔の表面を雨粒が勢いよく流れ落ちるのがわかる。けれど、それも金属が触れ合う音が聞こえるまでのことだった。聞き覚えのある電子音がしたかと思うと、雨がやんだ。空から消えた。わたしにわかることはたった2つで、確かなのはそのうちの1つだけ。

ここは戦車のなか。

わたしは死ぬんだ。

ウィンドベルが聞こえる。

恐怖でたじろぐほど激しい風にあおられて、けたたましく鳴りひびいている。わたしに考えられるのは、その金属的な音にひどく聞き覚えがある気がすることだけ。頭はまだくらくらしているけれど、できるだけ意識をはっきりさせていなくてはいけない。どこへ連れていかれようとしているのか、つきとめなきゃ。どこにいるのか、見当をつけなきゃ。そのとっかかりをつかむ必要がある。懸命に頭を働かせながらも、すでに意識がもどっているのを気づかれないように注意する。

兵士たちはしゃべらない。

せめて会話から少しくらい情報をつかめるだろうと期待していたのに、彼らはひと言もしゃべらない。まるで機械だ、特定の任務を遂行するようプログラムされたロボットみたい。それにしても、なぜだろう？　すごく気になる。どうして、わざわざ戦場から連れていかれなきゃいけないのかわからない。どうせ、殺されるのに。わたしの死を特別扱いする理由がわからない。なぜ、わたしを戦車から下ろして、怒りくるうウィンドベルのめちゃくちゃなひびきのほうへ運んでいくんだろう？　思いきってほんの少し目を開ける。思わず、息をのみそうになった。

あの家だ。

あの家、規制外区域で見かけたあの家。緑がかった明るい青に塗られた、半径800キロ以内で唯一の昔ながらのちゃんと住める家。ケンジが罠に違いないといっていた、あの家だ。ここがウォーナーの父親と会うことになっている家だと、わたしが勘違いしていた家。ふと、ある考えが浮かんだ。巨大なハンマーで、頭をなぐられた気がした。弾丸列車に追突された気がした。それくらいの勢いで、理解が脳に激突してきた。

アンダースンがいるに違いない。そして、自分の手でわたしを殺したがっているんだ。

わたしは特別配達の荷物だ。

兵士はわざわざチャイムを鳴らす。

足を引きずるような音が聞こえる。床のきしむ音がする。激しい風が世界を吹き荒れる音がして、自分の末路が見えてくる。アンダースンが考えられるあらゆる方法でわたしを痛めつけて殺すのが見える。どうしたら、逃げられるだろう？　アンダースンは抜け目ない。たぶん、わたしを鎖で床につなぎ、手足を一本ずつ切り落とすだろう。しかも、それを楽しむつもりだ。

アンダースンがあらわれた。

「おお、君たちか！　ご苦労さん。ついてきてくれ」わたしを抱えた兵士が、体重をかける足をかえるのがわかった。雨にぬれ、ぐったりしていたわたしの体が、急に重くなったからだ。凍えそうな冷気が体にしみこんできて、自分がずいぶん長く土砂降りのなかを走っていたことを思い出す。

わたしは震えているけれど、怖いせいじゃない。

燃えているけれど、怒りのせいじゃない。

頭がもうろうとしていて、たとえ身を守るだけの力があったとしても、まともに対応できるかわからない。わたしの最期に、こんなにたくさんのパターンがあるなんて驚いてしまう。

アンダースンは深みのある、土っぽい匂いがする。人に運ばれている状態でも、わたしには彼の匂いがわかる。その匂いは落ち着かなくなるくらい、心地いい。アンダースンはわたしたちの後ろでドアを閉める前に、控えている兵士たちに仕事にもどるようにいいわたした。つまり、もっと人を殺してこいという命令だ。

わたしは幻覚を見始めているのだろうか？

本のなかでしか出会ったことのない暖かい暖炉が見える。居心地のよさそうなリビングには、柔らかいビロード張りのソファが置かれ、厚い東洋風の敷き物が床をいろどっている。マントルピースの上には写真が置かれているけれど、ここからではなんの写真かまではわからない。アンダースンが目を覚ませといっている。入浴が必要だ、それにしても汚れたものだな。それじゃ、気持ちが悪いだろう？　おまえには目覚めていてもらわなくては困る。意識がはっきりした状態でなければ、おもしろくないからな。そういわれて、わたしは正気を失っていくのを確信する。

ドスン、ドスン、ドスンと階段をのぼる重い足音とともに、わたしの体が運ばれていくのがわかる。ドアが開く音と、床に引きずるようなべつの足音。話し声も聞こえるけれど、なんといっているのかはわからない。だれかがだれかになにかいい、わたしは冷たく固い床に落とされた。

自分の泣き声が聞こえる。

「肌に触れないように注意しろ」脈絡のある文として聞き取れたのは、それだけ。ほかは「入浴」、「眠る」、「朝」、「いや、だめだ」、「よろしい」という細切れの言葉ばかり。それからまたドアが閉まる音が聞こえた。わたしの頭のすぐ横にあるドアだ。

だれかがわたしの服をぬがせようとしている。

わたしはがばっと起き上がった。痛い。焼けるような感覚が体をつらぬき、頭を駆けぬけ、目にぶつかってきた。わたしの体はいま、いろんな状態を抱えている。最後にものを食べたのがいつかも思い出せないし、24時間以上まともに眠っていない。全身びしょぬれで、頭痛がして、体はひねられ、踏まれ、あらゆる痛みを抱えている。だからといって、知らない男に服をぬがされるのを許す気はない。それくらいなら、死んだほうがまし。

ところが、聞こえてきたのは、男の声ではなかった。穏やかでやさしい、母親が子どもにいい聞かせるような声。彼女はわたしの知らない言語で話しかけてくる。けれど、もしかしたら、いまはわたしの頭が働いていないだけかもしれない。彼女はなだめるような声をかけながら、わたしの背中を両手で小さな円を描くようにさする。水が出る音がしたかと思うと、温かいものが体の周囲をだんだん上がってきた。とても温かい。湯気が感じられるから、きっとバスルームにいるんだろう。それか、バスタブにのなかに。熱いシャワーを浴びるなんて、ウォーナーと基地にいたころ以来だ。ついそんなことを考えてしまう。

わたしは目を開けようとして、失敗する。まるでまぶたの上に鉄のかたまりがのっているみたい。なにもかもが黒くて、めちゃくちゃで、混乱していて、疲れきっているようで、自分の置かれた状況が大雑把にしかわからない。ほんの少しまぶたをこじ開けると、見えたのはぴかぴかの磁器。きっと、バスタブだ。止める声が聞こえたけれど、かまわず這っていってバスタブの縁によじのぼる。

まっすぐお湯に倒れこむ。完全に服を着たまま。手袋も、ブーツも、服もそのままで。信じられないくらい気持ちいい。まさか、こんなことが待ってるなんて。

体がだんだん温まり、ガチガチ鳴っていた歯も少しずつ静かになり、筋肉がほぐれていく。髪が顔のまわりに浮かんで、鼻をくすぐる。

わたしはお湯にすっかり沈みこむ。

そして眠りに落ちた。

目が覚めると、天国のベッドに寝ていて、男物の服を着ていた。暖かくて快適だけれど、体はきしみ、頭痛がして、頭は混乱でぼうっとしている。起き上がって、まわりを見る。

だれかの寝室だ。

体にからまっているのは、小さな野球のミットが描かれた青とオレンジのシーツ。壁際には小さな机と椅子が置かれ、たんすもあって、その上にはプラスチック製のトロフィーがまっすぐ横一列に並べられている。昔風の真鍮のノブがついた簡素な木のドアは、部屋の出入口に違いない。スライド式の鏡の後ろは、きっとクローゼットだろう。右を見ると、小さなナイトテーブルがあって、その上には目覚まし時計と水の入ったグラスがある。わたしはグラスをつかんだ。

恥ずかしいくらいあっというまに飲み干してしまう。

ベッドから下りると、紺の短パンがずり下がっていて、いまにも落っこちそうだった。短パンの上には、ロゴマークが入ったグレーのTシャツを着ている。ぶかぶかの服のなかで、泳いでいるみたいだ。靴下ははいていない。手袋もない。下着もない。

なんにもない。

部屋を出るのは許されているのだろうか？　ううん、そんなことをしたら、きっと撃たれる。わたしはここで、なにをするんだろう？　わたしはなぜ、まだ死んでいないの？

スライド式の鏡の前で、凍りつく。

髪はきれいに洗われ、顔のまわりで豊かにふんわりと波打っている。顔は血色がよく、二、三のひっかき傷をのぞけば、ほとんど無傷だ。目は大きく、緑と青の混ざった風変わりな生き生きした瞳が、まばたきしながらわたしを見つめ返している。驚いているみたい。それに驚くほど恐怖の色がない。

でも、首は。

首は紫色のかたまりになっている。ひとつの大きなあざが、わたしの容貌全体を台なしにしている。昨日――たぶん昨日――ここまで強く首を絞められていたとは思わなかった。いまになって初めて、唾を飲みこむととても痛いのに気づいた。わたしは短く息を吸いこんで、鏡を押しやる。ここから出る方法を見つけなきゃ。

ドアはさわっただけで開いた。

だれかいないか、廊下を見回す。いま何時なのか、自分がどういう状況にいるのかもわからない。この家にアンダースン以外の人間がいるのか――バスルームで世話をしてくれた人以外にもだれかいるのか――わからないけれど、状況をつかみたい。自分がどの程度の危険にさらされているのかを突きとめなければ、ここを抜け出す作戦を立てようがない。

つま先立ちで、音を立てずに階段を下りようとする。

無理だった。

体重をかけると階段はギイときしみ、後ずさる暇もないうちに、彼の呼ぶ声がした。階下にいるらしい。

アンダースンは一階にいる。

「恥ずかしがることはない」紙が触れ合うような音が聞こえた。「食事を用意してある。腹が減っているだろう」

心臓がいきなり喉までせり上がってくる。わたしにはどんな選択肢がある？　どんな選択肢を検討すればいい？　でも、アンダースンの隠れ家で、彼から隠れるなんて無理だ。

わたしは下りていって、アンダースンに会う。

彼は以前と変わらずハンサムだった。髪はつややかに申し分なく整えられ、きちんとアイロンのかかった清潔でぱりっとした服を着ている。彼はリビングで一人掛けのソファにすわり、ひざの上に毛布をかけている。肘掛けに立てかけてあるのは、手の込んだ彫刻を施した田舎風の豪華な杖だ。手には書類の束を持っている。

コーヒーの香りがする。

「ほら」アンダースンは、わたしの奇妙なぶかぶかの服装に驚きもしない。「すわりたまえ」

わたしはすわる。

「気分はどうだ？」

わたしは顔を上げる。

彼はうなずく。「そうか、まあいい、ここでわたしを見て、ずいぶん驚いただろう。なかなかいい家だと思わないか？」そういって、室内を見回す。「家族を第４５セクターに引越しさせてすぐ、ここを保存させた。このセクターはわたしのものになると決まっていたからね。そのとき、ここが妻を収容しておくのに理想的な場所だとわかった」アンダースンは片手をふる。「妻が居住区でうまくやっていけるわけがないからな」彼がなにをいっているのか、まったくわからない。

妻を収容する？

彼はなぜこんなわけのわからない話をしているんだろう。

アンダースンがわたしの混乱に気づいたらしい。おもしろそうな顔になる。「恋にのぼせたわが息子から、愛する母親のことを聞かされていないのかな？　息子を産んだ生き物への感動的な愛の話を、さんざん聞かされていると思ったのだが？」

「は？」それが、わたしが最初に口にした言葉。

「それは驚いた」アンダースンはほほえむ。ちっとも驚いているように見えない。「この家に暮らす病気の母親のことを、聞いていないのか？　そのために、あれはここでの仕事を、このセクターでの仕事を切望したのだが。まったく、そういう話を聞いていないのか？」首をかしげる。「いや、驚いたよ、まったく」また嘘をつく。

わたしは心臓の鼓動を落ち着かせようとする。彼がどうしてこんな話をするのか、理由を探し、常に彼の一歩先に出ようとする。けれど、アンダースンはとても巧みにわたしを混乱させる。

「総督に選ばれたとき」彼はつづける。「わたしはエアロンを首都へ同行させるつもりだった。しかし、あれは母親を置いていきたがらなかった。母親の面倒をみたがった。どうしても置いていきたくないといいはった。あれは母親がそばにいてくれないとだめなんだ。まるで、聞きわけのない子どもだ」最後に声を荒げた。一瞬、われを忘れたようだったけれど、ぐっと感情をのみこんで、落ち着きを取りもどした。

わたしは待っている。

彼がわたしの頭に鉄のかたまりを落とす準備ができるのを、待っている。

「第45セクターの責任者になりたがっていた兵士が、どれだけたくさんいたか、息子から聞いたかね？　どれだけ優秀な候補者がいたか、聞いたか？　息子はまだ十八の若造だった！」アンダースンは声を上げて笑う。「頭がおかしくなったのか、とだれもが思った。しかし、わたしは息子にチャンスをやった。そういう責任を負うことは、あれにとっていいことかもしれないと思ったのだ」

わたしはまだ待っている。

深い、満足のため息。「息子からこの話も聞いていないか？」アンダースンはたずねる。「自分が第45セクターの責任者にふさわしいことを証明するため、なにをしたか？」

ほら、来た。

「わたしが息子になにをさせたか、聞いていないか？」

わたしの中身はすっかり死んでしまった気がする。

「聞いていないようだな」アンダースンの目は輝いている。まぶしいくらい。「息子はその部分には触れたがらなかったんじゃないか？　自分の過去のその部分は、話さなかっただろう？」

こんな話、聞きたくない。こんなこと、知りたくない。これ以上、聞いていたくない――。

「心配はいらん。わたしが出しゃばって、台なしにする気はない。くわしいことは、息子の口から聞くのがいちばんだ」

わたしはもう落ち着いてはいない。落ち着いていないどころか、明らかに動転しかけている。

「わたしはすぐ基地へもどる」アンダースンは書類を整理しながらいう。完全に一方通行の会話なのに、気にしているようすはない。「あれの母親と長いこと同じ屋根の下にいるのは耐えられん――あいにく、病人とはうまくやっていけないたちでね――しかし、現在の状況では、ここもちょっとした宿舎として便利に使えることがわかった。わたしはここを、居住区で起きていることを見張る基地として使っている」

戦闘。

戦い。

流血、アダム、ケンジ、キャッスル、わたしが後に残してきたみんな。

いったい、どうして忘れていたんだろう？

恐ろしい、ぞっとするような可能性が、次々に脳裏をよぎる。どうなっているのか、わたしにはわからない。みんなは無事だろうか？　わたしがまだ生きていることを知っているだろうか？　キャッスルはブレンダンとウィンストンを救出できただろうか？

わたしの知っている人が、亡くなっていないだろうか？

必死で周囲に目を走らせる。わたしは立ち上がる。これは全部、手の込んだ罠だ。たぶん、背後からだれかが襲いかかってくるんだろう。あるいは、だれかがキッチンで大きな肉切り包丁を持って待ちかまえているのかも。わたしは息もできず、ぜいぜいあえいで考える。どうすればいい？　どうすればいい？　どうすればいい？

「わたしはここでなにをするの？　どうして、ここに連れてきたの？　なぜ、まだ殺さないの？」

アンダースンはわたしを見て、首をかしげる。「おまえはじつに腹立たしい、ジュリエット。不愉快このうえない。まったく、とんでもないことをしてくれた」

「なんのこと?」それしか質問のしようがない気がした。「なにをいってるの?」ほんの一瞬、ひょっとしてわたしとウォーナーとのことを知っているのかと思い、赤面しそうになる。

けれど、アンダースンは大きく息を吸いこみ、ソファに立てかけた杖をつかんだ。上半身全体で勢いをつけ、なんとか立ち上がる。杖につかまっていても、体が震えている。

足が不自由になってしまったんだ。

「おまえはわたしをこんな体にした。まんまとわたしを押さえつけた。そしてわたしの両脚を撃ち、もう少しで心臓を撃つところだった。そのうえ、息子を連れ去った」

「違う」わたしは息をのむ。「そんなつもりじゃ――」

「わたしをこんな目に遭わせたのは、おまえだ」アンダースンはわたしをさえぎった。

「さあ、償いをしてもらおう」

呼吸して。呼吸をするのを忘れちゃだめ。

「しかし驚いた」アンダースンはいう。「あれだけのことを、たったひとりでやってのけたのだからな。あの部屋には、三人しかいなかった。おまえと、わたしと、息子だ。おまえがだれかといっしょにあらわれるのではないかと、あの区域全体を兵士に見張らせておいたが、おまえは間違いなくひとりだと報告を受けた」少し休む。「じつは、おまえは何人かのグループで来ると思っていた。まさか、ひとりでわたしに会う勇気はないだろうと思っていた。しかし、ふたを開けてみれば、おまえはたったひとりでわたしから武器を取り上げ、人質を奪い返していった。さらに、そのふたりの男を――息子を含めれば三人を――安全なところまで運ばなければならなかったはずだ。いったいどうやってそんなことができたのか、さっぱりわからん」

わたしは思った――この選択はかんたんだ。

ケンジとアダムのことを正直に話して、ふたりがアンダースンに追われる危険を冒すか。それとも、自分ひとりで罪をかぶるか。

アンダースンの目を見つめる。

そして、うなずく。「わたしのこと、愚かな少女っていったでしょ。おびえきって自分の身も守れない子どもだって」

アンダースンが初めて気まずそうな顔をする。また同じことをされるかもしれないと気づいたらしい。わたしがその気になれば、いますぐにもできるってことに。

ええ、できるかもね、とわたしは思う。なんて素敵な思いつき。

でも、いまのところはまだ、彼がわたしになにを望んでいるのか、不思議と興味がある。なぜ、わたしとおしゃべりしているのか知りたい。いますぐ彼を攻撃しようとは思わない。いまのわたしは、彼の上に立っている。彼を襲うことくらい、かんたん。

アンダースンが咳ばらいをした。

「わたしは首都へもどる予定だった」そういって、大きく息を吸う。「しかし、わたしのここでの仕事はまだ終わっていない。おまえの仲間が情勢を際限なく複雑にしているし、全市民を抹殺するのは困難になってきた」少し休む。「いや、じつは、そうでもない。市民を殺すことはむずかしくない、ただ不合理になってきただけだ」アンダースンはわたしを見る。「ひとり残らず殺してしまえば、わたしの支配する対象がいなくなってしまうからな」

彼は声を上げて笑う。なにかおもしろいことでもいったかのように、本当に笑っている。

「わたしにどうしてほしいの？」わたしはたずねる。

アンダースンは大きく息を吸いこんだ。ほほえんでいる。「ジュリエット、さすがに認めざるを得んよ。おまえにはまったく感心させられる。おまえはひとりでわたしを打ち負かした。先のことを考えて、わたしの息子を人質にとった。ふたりの仲間を救いだした。しかも、地震を起こして、ほかの仲間全員を救った！」彼は笑う。声を上げて、思いきり、笑う。

いまの話のなかに真実は2つしかないことは、わざわざ教えたりしない。

「息子のいっていたことは本当だったと、いまならわかる。おまえはわれわれにとって、貴重な存在になりうる。いまの状況では、とくに。おまえはやつらの本拠地の内部を、エアロンよりずっとくわしく知っている」

じゃあ、ウォーナーは父親に会ったんだ。

わたしたちの秘密をしゃべったんだ。当然だ。驚くなんて、どうかしてる。

「おまえの協力があれば」アンダースンがいう。「あの連中を全員始末できる。おまえなら、わたしの知りたいことにすべて答えられる。ほかの変人どもについて、なにもかも答えられる。どんな能力があるのか、強みと弱点も。やつらの隠れ家にわたしを連れていくこともできる。わたしの命じることをなんでもやってもらえるよ」

わたしは彼の顔に唾を吐きたくなる。

「そんなことをするくらいなら、さっさと死ぬわ。生きながら焼かれるほうがまし」

「おや、それはどうかな」アンダースンは杖の位置を直した。「実際に顔の皮膚が溶けて流れ落ちる経験をすれば、気が変わるはずだ。しかし、わたしは親切な人間だ。もし本当に興味があるなら、その選択肢も除外しないでおこう」

なんて恐ろしい人。

わたしの沈黙に満足して、満面の笑みを浮かべている。「もちろん、そんなことに興味はないだろう?」

玄関のドアが勢いよく開いた。


わたしは動かない。ふり向かない。自分の身になにが起きようとしているのか、知りたいかどうかもわからない。けれどそのとき、アンダースンがやってきた人に挨拶するのが聞こえた。その人を招き入れ、新しい客に挨拶したまえといっている。

わたしの視界に入ってきたのは、ウォーナーだった。

とたんに、わたしは骨の髄まで弱くなり、吐き気とかすかな屈辱を感じる。ウォーナーはひと言もしゃべらない。完璧なスーツに身を包み、完璧なヘアスタイルの彼は、初めて出会ったときの彼そのものだった。ただひとつ違うのは、目に浮かんだ表情。わたしを見つめる彼はショック状態で、ひどく弱っていて、まるで病気のように見える。

「ふたりとも、たがいを覚えているな？」アンダースンひとりが笑っている。

ウォーナーは荒い息をしている。いくつも山を登ってきたかのように、自分の見ているものが理解できないかのように、なぜこんな事態を前にしているのかわからないみたいに。彼はわたしの首を見つめている。紫色の醜いあざを見つめている。そして顔をゆがめ、怒りと戦慄と悲嘆の表情を浮かべる。視線をわたしのシャツに落とし、短パンに落として、一瞬あんぐりと口を開けた。でも、すぐに自制心を取りもどし、顔から表情をぬぐい去る。懸命に平静を保とうとしているけれど、速い呼吸で胸が大きく動いている。彼の声は思っていたほど力強くなかった。「彼女はここでなにをしているんだ？」

「われわれのために、連れてきたのだ」アンダースンはあっさりいう。

「なんのためだって？」ウォーナーはきき返す。「彼女は必要ないといっていたじゃないか――」

「いや」アンダースンは考えながら答える。「それは少し違う。彼女を身近に置くことは、確かに利益になるかもしれんが、最後の最後で、彼女のそばにいるのはごめんだと思っただけだ」首をふり、自分の脚を見て、ため息をつく。「こんな体になるとは、苛立たしいことこのうえない」また笑う。「まったく、とてつもなくいらいらさせられる。しかし」ほほえむ。「少なくとも、手っ取り早く楽に治す方法は見つかった。なにもかも元通りになるそうだ。まるで魔法のように」

アンダースンの目にひそむなにかに、彼の声ににじむ不気味な笑いに、最後のひと言のいい方に、わたしは吐き気を感じた。「どういうこと?」とたずねたけれど、返事を聞くのが怖い。

「まさか、おまえに聞き返されるとはな。はっきりいおう——わたしが息子の傷ひとつない肩に気づかないとでも思ったか?」アンダースンは笑う。「もどってきた息子が傷つけられていないだけでなく、もともとあった傷が完全に治癒しているのを見て、わたしが不思議に思わないとでも思ったか? 傷跡も、痛みも、弱っているところもない——まるで、撃たれたことなどなかったかのようだ! 奇跡だ。息子から聞いた。おまえたち変人仲間のふたりがほどこした奇跡だと」

「いや」

わたしのなかで恐怖がどんどんふくれあがり、理性を奪おうとする。

「そうなんだろう」アンダースンはウォーナーに目をやる。「なあ、息子よ?」

「いや」わたしはあえぐ。「まさか、そんな——なにをしたの——あ、あの子たちは、ど、どこ、——」

「落ち着け」とアンダースン。「ふたりとも、無事だ。ただ連れてきただけだよ、おまえと同じように。わたしを治療してくれるのなら、ふたりには健康でいてもらう必要がある、そうだろう？」

「あなたは知ってたの？」わたしは逆上して、ウォーナーのほうを向く。「あなたがやったの？　知ってたの――」

「いいや――ジュリエット」ウォーナーはいう。「誓ってもいい――これはわたしが考えたことじゃない――」

「ふたりとも、どうでもいいことで騒ぐな」アンダースンがわたしたちのほうに、面倒くさそうに手をふった。「いまは、もっと重要なことがあるだろう。どうにかしなくてはならん、もっとさし迫った問題が」

「なんのことだ？」ウォーナーがきき返す。息もしていないようだ。

「正義だ、息子よ」アンダースンはわたしを見つめている。「わたしは正義の話をしているのだ。わたしは状況を正したい。世界に秩序を取りもどしたい。おまえの到着を待っていたのは、わたしのいいたいことをはっきり見せてやれると思ったからだ。最初からこうするべきだった」アンダースンはちらっとウォーナーを見た。「聞いているか？　集中しろ。ちゃんと見ているか？」

アンダースンは銃を引っぱり出した。

そして、わたしの胸を撃った。

心臓が破裂した。

わたしは後ろへ吹っ飛び、自分の足につまずいて床に倒れ、頭をカーペットに打ちつけた。手で転倒の衝撃をやわらげることもできなかった。こんな痛みがあるなんて、いままで知らなかった。こんな強い痛みを感じるなんて、考えたこともなかった。想像すらつかなかった。胸のなかでダイナマイトが爆発したみたい、体がなかから焼かれているみたい。そして不意に、なにもかもがスローモーションになる。

ああ、死ぬってこういう感じなんだ。

わたしはまばたきする。永遠の時間がかかりそう。目の前にぼんやりといろんなものが浮かんで見える。色と形と光が揺れ、ぎこちない動きがぼやけて混ざりあう。音はゆがみ、ぐちゃぐちゃに混ざり、高すぎたり低すぎたりして、聞きとれない。冷たい電気が血管を駆けめぐり、全身のあらゆる部位が眠りに落ちては目覚めようとしているみたい。

目の前に顔がある。

その形と色に集中し、焦点を合わせようとするけれど、だめ。とつぜん息ができなくなって、喉にナイフが何本も刺さっているような感覚に襲われた。肺にいくつも穴が開いているみたい。まばたきをするほど、見づらくなる。たちまち、浅く速い呼吸しかできなくなってきて、子どものころを思い出す。医者から喘息（ぜんそく）の発作ですといわれたときのことを。でも、医者は間違っていた。わたしの浅い呼吸は、喘息とはなんの関係もない。パニックと不安と過呼吸のせいだ。けれど、いまのこの感じは、あのときとよく似ている。極細のストローで酸素を吸おうとしているような感覚。肺が店じまいをして休暇に出かけてしまったような感じ。そのうちめまいがしてきて、頭がぼうっとする感覚がやってくる。そして痛み、痛み、痛みが来る。恐ろしい痛みが。最悪の痛みが。けっして終わらないように思える痛みが。

とつぜん、目が見えなくなる。

血が見える、というより感じる。体からもれていく。何度も何度もまばたきして、必死に視力を取りもどそうとする。けれど、見えるのは白い靄（もや）だけ。聞こえるのは、鼓膜にひびく心臓の鼓動と、浅くて速い苦しそうな息づかいだけ。それに熱い、すごく熱い。わたしの体から流れ出た血はまだとても新鮮で温かく、わたしの下に、わたしのまわりにたまっている。

体から命がもれていき、死について考えさせられる。短い一生だった。しかもほとんど本気で生きてこなかった。ほとんどの時間、恐怖にすくみ、自分を主張しようともせず、いつも他人の望む人間になろうとしていた。１７年間、自分を無理やり型にはめようとしてきた。ほかの人たちが快適に、安全に、脅威を感じずにいられるような人間になろうとしてきた。

しかも、そんなこと、なんの役にも立たなかった。

わたしはなにも成し遂げられずに死ぬ。何者にもなれないまま。わたしは頭のおかしい男の部屋で血を流して死んでいく、愚かな女の子だ。

もしやり直せるなら、今度はまったく違う生き方をしよう。

もっとましな人間になろう。なにかを成し遂げよう。このひどく惨めな世界で重要なことをやってみせよう。

そのときは、まず、アンダースンを殺す。

でも残念なことに、死が、すぐそこまで迫っている。

目が開いた。

周囲を見回してみる。これが死後の世界？　変なの。奇妙なのは、ウォーナーがいることと、わたしがまだ動けそうにないこと、そして相変わらず激痛を感じること。もっと奇妙なのは、目の前にソーニャとセアラが見えること。ここに双子がいるなんて、わたしにはわかるふりすらできない。

物音が聞こえる。

音はだんだんはっきりしてくる。頭を起こしてきょろきょろすることはできないので、代わりにその話し声に集中する。

いい争っている声だ。

「やるんだ！」ウォーナーが怒鳴っている。

「でも、わたしたち――ジュリエットにさ、さわれない」ソーニャが涙をこらえている。「さわれなければ、助けようがない――」

「ジュリエットが死にかけてるなんて、信じられない」セアラがあえぐようにいう。

「あなたが本当のことをいっていたなんて――」

「死にはしない！」とウォーナー。「死なせない！　たのむから、聞いてくれ」彼の口調はせっぱつまっている。「おまえたちなら彼女を救える――さっきから説明しているように、おまえたちはただ、わたしに触れるだけでいい。そうすれば、わたしはおまえたちの力を受け取ることができる――わたしは力を転送できるんだ。おまえたちから受け取った力をコントロールして、彼女へ向け――」

「そんなの不可能よ」ソーニャがいい返す。「あなたにそんなことができるなんて、キャッスルはいっていなかった。もし本当にそんな能力があるなら、わたしたちに教えないはずがない――」

「くそっ、いいから、いうとおりにしてくれ」ウォーナーは声をつまらせる。「おまえたちをだまそうとしているんじゃない――」

「わたしたちじゃない！　おまえたちをさらったくせに！」双子が同時に叫ぶ。

「わたしじゃない！　おまえたちをさらったのは、わたしじゃない――」

「どうして、あなたを信じられるの？」とセアラ。「ジュリエットをこんな目に遭わせたのがあなたじゃないって、どうしてわかる？」

「心配じゃないのか？」ウォーナーの呼吸はかなり荒くなっている。「なぜ心配せずにいられる？　彼女は血を流して死にかけているんだぞ。心配じゃないのか――おまえたちは彼女の友人だと思っていた――」

「心配にきまってるでしょ！」セアラは声をつまらせた。「でも、どうしたら助けられる？　どこへ連れていけばいい？　だれに診てもらえばいいの？　だれもジュリエットにはさわれないし、彼女はすでに大量に失血してる——ちょっと見て——」

はっと息を吸いこむ音。

「ジュリエット？」

パタパタという足音が、わたしの頭元にやってくる。すべての音がぶつかりあい、衝突しあいながら、わたしのまわりをぐるぐる回る。信じられない。わたしはまだ死んでないんだ。

どのくらい、ここに寝ているんだろう？

「ジュリエット？　ジュリエット——！」

ウォーナーの声というロープに、わたしはしがみつきたくなる。しっかりつかんで、腰に結びつけ、閉じ込められている麻痺した世界から、彼に引っぱり出してほしい。そしていってあげたい。心配しないで、もういいの、すぐに終わるから。わたしは死を受け入れ、もう死ぬ覚悟ができているから。でも、いえない。なにもいえない。まだ呼吸もうまくできなくて、唇で言葉を形作るなんてとてもできない。わたしにできるのは、ひどく苦しいあえぐような呼吸と、どうしてこの体はまだあきらめようとしないのかといぶかしむことだけ。

いきなり、ウォーナーがわたしの出血している体にまたがった。わたしに体重をかけないように注意して、わたしのシャツの袖をまくり上げる。そしてわたしの両腕をつかんだ。「おまえは助かる。治してやる――双子がわたしに力を貸してくれる。きっと――きっと元気になる」深呼吸。「おまえは完璧な体になる。聞こえるか？ジュリエット、わたしの声が聞こえるか？」

わたしはウォーナーを見て、まばたきする。何度も、何度も、何度もまばたきして、まだ彼の瞳に魅せられている自分に気づく。なんてきれいなグリーン。

「それぞれ、わたしの腕をつかめ」彼は双子に声を張り上げる。彼の両手はわたしの両腕をがっしりつかんだままだ。「さあ！　早く！　たのむから――」

すると、どういうわけか、双子がいうことを聞いた。

たぶん、彼の姿になにかが見えたのだろう。彼の顔に、表情に、なにかが見えたんだと思う。わたしの混乱してぼやけた視界から見えるのと同じものが、双子にも見えるのだろう。表情の必死さ、顔に刻まれた苦悩、わたしを見る目。わたしが死んだら、彼も死んでしまいそうな真摯(しんし)さ。

わたしはこう思わずにいられない――これは、この世界からのおもしろい別れの贈り物だ。

少なくとも、最終的には、わたしはひとりぼっちで死ぬわけじゃない。

また目が見えなくなった。

熱が体にどっと流れこんできて、それが文字どおり視界を乗っ取ったのだ。熱い、熱い、それしか感じない。焼けつくような熱が、骨に、神経に、皮膚に、細胞に流れこんでくる。

なにもかもが燃えている。

最初は、胸に感じる熱と同じものだと思った。かつて心臓があった場所に開いた穴の痛みと同じものだと思った。けれどそのうち、この熱は痛くないことに気づいた。なだめてくれるような熱だ。とても強力で、とても激しいのに、なぜか心地いい。わたしの体は拒否していない。逃げたがってはいないし、身を守る手段を探そうともしていない。

その炎が肺に達したとき、背中が実際に床から浮くのを感じた。急にすさまじい過呼吸になり、わたしは肺にいっぱいの空気を吸いこむ。そうしないと叫んでしまいそう。酸素を吸いこみ、むさぼり、むせながら、できるかぎりの速さで取り込んでいく。

全身が波打って、全力で回復しようとしている。

胸が縫い合わされる感じがする。肉が再生して、ひとりでに治っていく。それも信じられない速さで。わたしはまばたきしている。呼吸している。頭を動かしてあたりを見ようとしても、まだぼやけてはっきり見えない。それでも、さっきよりは見やすくなっている。手の指の感覚がわかる、足の指の感覚も。腕や脚にも生気を感じる。ふたたび心臓の鼓動も聞こえてきた。そして不意に、頭上に浮かぶいくつもの顔がはっきり見えた。

とつぜん、熱が去る。

手も離れる。

わたしは床に仰向けに倒れる。

そして、すべてが闇に包まれた。

ウォーナーは眠っている。

どうしてわかるかというと、すぐ隣に寝ているから。あたりは真っ暗。何度かまばたきしてやっと、今度は目が見えないわけじゃないと気づいた。窓の外に目をやると、まん丸の月がこの小さな部屋に光をそそぎこんでいるのが見える。

わたしはまだここにいる。アンダースンの家に。かつてはウォーナーの部屋だった場所に。

そしてウォーナーは、わたしの横で枕に頭をあずけて眠っている。

彼の顔はとてもやさしく、月明かりの下でこの世のものと思えないほど美しい。穏やかで、ひかえめで、罪のない表情に見えるけれど、錯覚だ。彼がここで、わたしの横に寝ているなんて、ありえないことだと思う。わたしがここで、彼の横に寝ているなんて、ありえない。

彼の子ども時代のベッドで、いっしょに寝ているなんて。

彼がわたしの命を救ってくれたなんて。

〝ありえない〟って、なんてバカバカしい言葉だろう。

わたしはほとんど動いていないのに、ウォーナーはすぐ反応した。がばっと起き上がり、呼吸で胸をふくらませ、まばたきしている。そしてわたしを見る。わたしが目を覚ましていること、わたしの目が開いていることに気づいて、凍りつく。

わたしには、いいたいことがたくさんある。彼にいわなくてはいけないことがたくさんある。いますべきこと、整理すべきこと、決めるべきことが、山のようにある。

でも、とりあえず、ひとつだけ質問しよう。

「お父さんはどこ？」

ウォーナーは声を出すのに少しかかった。「基地にもどった。出ていったのは」そこで一瞬、ためらい、葛藤（かっとう）する。「君を撃ってすぐだ」

信じられない。

アンダースンは、リビングで大量の血を流しているわたしを置いていったんだ。その始末は、息子へのちょっとした贈り物？　すばらしい教訓だ。恋にうつつを抜かせば、目の前で恋人が撃たれる。

「じゃあ、お父さんは、わたしがここにいることを知らないのね？　わたしが生きてることを知らないのね？」

ウォーナーはうなずく。「ああ」

よかった。ほんとによかった。ついでに、わたしが死んだと思ってくれたら、もっといい。

ウォーナーはまだわたしを見ている。ひたすら、じっと、見つめている。わたしにさわりたいのに、近づきすぎるのを恐れているみたい。それからやっと、小さい声でたずねた。「だいじょうぶか、ジュリエット？　気分はどうだ？」

わたしはひそかにほほえんで、その質問の答えをいろいろ考えてみる。

わたしの体は、いままで経験したことがないくらい疲れきっていて、打ちのめされていて、ぐったりしている。この2日間で口にしたのは、グラス一杯の水だけ。それに、人に対してこんなにとまどいを感じたことはない。人の表面的な姿と真の姿に、ひどくとまどっている。それから、わたしはこんなところで横になっている。もう存在しないといわれていた家のなかで、第45セクターでもっとも憎まれ、恐れられている人物のひとりと、同じベッドに寝ている。そんな恐ろしい人は、こんなにもやさしい部分があって、わたしの命を助けてくれた。その人の実の父親がわたしの胸を撃った。ほんの数時間前、わたしは自分の流した血のなかに倒れていた。

それから、こんなことも考える。わたしの仲間はたぶん、まだ戦いの真っ只中だ。アダムはわたしになにが起きたのか、どこにいるのかもわからずに、苦しんでいるに違いない。ケンジは相変わらず、たくさんの役割を果たしているだろう。ブレンダンとウィンストンはまだ見つかっていないかもしれない。オメガポイントの人々はみんな死んでしまうかもしれない。わたしは考える。

いまのわたしは、生まれてからいちばん調子がいい。

自分の体が驚くほど変わったように感じる。これからはきっと、状況は変わっていく。わたしにはすることがたくさんある。解決すべきことがたくさんある。わたしの助けを必要としている友だちがたくさんいる。

なにもかもが変わった。

昔のわたしは、ただの子どもだった。

まだ子どもだけれど、いまは鉄の意志と2つの鋼の拳がある。それに50も年を重ねた気がする。わたしはいま、ついに手がかりを見つけた。ついに気づいた。わたしは強い、そして恐ろしく勇敢だ、今度はきっと自分のするべきだったことができると思う。

いまのわたしは、力そのもの。

人間から逸脱した存在。

公然とゆがめられた自然が、自分のしたこと、自分のいまの状態を恐れているという生きた証拠が、わたしだ。

わたしは以前より強い。以前より怒っている。

後で悔やむようなことでもやってのける覚悟がある。今度は気にしない。いい子でいようとするのは、おしまい。不安とも、さよなら。もう、なにも恐れない。

大いなる混沌（こんとん）が、わたしの未来。

だから、手袋は置いていく。

〈第3部へ続く〉

謝辞

母さん。父さん。兄弟たち。わたしの家族へ。あなたたちの笑い声が好きです。泣き声も好きです。いっしょにお茶を飲みながら、笑ったり泣いたりしてきた日々が大好きです。あなたたちは、わたしがいままで出会った人々のなかでいちばんすばらしい人たちです。わたしが生きているかぎり、ずっとつきあっていかなくてはならないのに、あなたたちは一度も不平をいったことがありません。いつも感謝しています。いつも温かいお茶をありがとう。

ジョディ・リーマーへ。わたしが声をかけたら、にっこり笑ってくれて、わたしは天気のことをたずね、あなたが教えてくれたんだっけ？　天気は予測できないって。わたしが「じゃあ、道路は？」というと、あなたは「道路はでこぼこで有名よ」といったわよね。わたしが「どうなるかわかる？」というと、あなたは「いいえ、まったく」という返事。それからあなたは、わたしを人生でもっともすばらしい年月へ導いてくれました。あなたを忘れるなんて、不可能です。

タラ・ウェイカムへ。あなたはわたしが心をこめて書いた原稿を読んでくれて、とても正確に理解してくれます。それは苦痛でもあり、驚きでもあります。あなたの聡明さ、辛抱強さ、尽きることのないやさしさ。そして暖かい笑顔。あなたと仕事ができて、とても光栄です。

ターナとランダへ。いっしょにたくさんの涙を流しましたね――悲しいときも、楽しいときも。けれど、わたしがいちばんたくさん涙を流したのは、あなたたちと笑ってすごした時間です。あなたたちの友情は最高の贈り物です。すばらしい恩恵です。わたしはそれにふさわしい人間になろうと、日々決意を新たにしています。

セアラとネイサンへ。揺らぐことのない支援に感謝します。おふたりのすばらしさは言葉ではいいあらわせません。

スマイヤへ。あなたの肩と、耳と、安全なスペースを貸してくれてありがとう。あなたの助けがなかったら、どうしていたかわかりません。

ハーパーコリンズとライターズハウスの親愛なるすべての仲間へ、特大の感謝をささげます。みなさんの働きには、どれだけ感謝しても足りません。メリッサ・ミラーは愛と熱意をくれました。クリスティーナ・コランジェロ、ダイアン・ノートン、ローレン・フラワーは、エネルギーと情熱とすばらしいマーケティング手腕を発揮してくれました。並はずれて優秀な広報係ハリー・パタースンは、頭が切れるだけでなく、底抜けに親切です。カーラ・ペトラスとセアラ・コーフマンは、素晴らしいカバーデザインを考えてくれました。それから、コリン・アンダースンのデジタルイラストには驚かされっぱなしです。ブレナ・フランジッタ、あなたのようなすばらしい原稿整理編集者がいてくれて、毎日感謝しています（それと、この文のコロンの使い方が正しいことを願っています）。アリック・シェインには、なにからなにまで感謝ですが、オフィスに変な形の水びたしのおもちゃがあらわれたときの優雅な対応にも、感謝しています。セシリア・ド・ラ・カンパはいつも、わたしの本が世界じゅうで読んでもらえるように頑張ってくれています。ずっと応援してくれているベス・ミラー、静かな善意と鋭いセンスを持ったＵＴＡ（ユナイテッド・タレント・エイジェンシー）のキャシー・エヴァシェフスキにも感謝します。

わたしの作品を読んでくださるすべての方々、いつもありがとうございます！　みなさんがいなかったら、わたしは自分の頭のなかのキャラクター以外に話し相手がいなかったでしょう。わたしと共に、ジュリエットの旅を体験してくださったことを感謝します。

そして、ツイッターやタンブラー、フェイスブック、わたしのブログ上でのすべての友人に、心からの感謝をささげます。わたしがみなさんの友情と支援とやさしさをどんなにありがたく思っているかは、とても伝えようがありません。

いつまでも、ありがとう。

訳者あとがき

触れると相手の命を奪いかねない肌を持つジュリエット。彼女は母親に抱かれたことすらなく、誰からも愛されず、誰とも触れ合えない。しかも、荒廃した世界を再建するというマニフェストであっというまに世界を支配した再建党に、危険人物として、長年、施設に収容されてしまう。そんな状況からなんとか脱出したジュリエットは初めての友だちを得て、ようやく自分の人生をとりもどそう、この世界を変えようと決意する。

こうして一巻の終わりでは、再建党を倒そうと計画する抵抗グループの本拠地〝オメガポイント〟に合流した。さあ、あとは戦うだけ――

ところが二巻に入ったとたんに、ジュリエットはどうしていいかわからなくなる。それまでにも劣らない過酷な状況が待っていたのだ。十七年間、まともに人と接したことのなかったジュリエットが、いきなり集団生活に飛びこんで、すんなり仲間にとけこめるわけがない。

友だちの作り方がわからない。おまけに、とんでもない能力が目覚めて、オメガポイントを破壊してしまいそうになり、ますます仲間に恐れられてしまう。オメガポイントには、さまざまな特殊能力を持つ人がいるが、ほとんどの人はその力をコントロールできる。

いっぽうジュリエットは、自分の力は忌まわしいものだという強い思いこみが抜けず、コントロール以前の段階で足踏みするばかり。仲間になじめず、自分の力をコントロールする方法もわからず、環境や自身の変化で自分の気持ちすらわからなくなってしまう。さらにアダムとウォーナーへの想いが彼女を激しくゆさぶる。

じれったくなるほど悩みぬくジュリエットだが、一巻にくらべると確実に変化が見える。一巻では、一度書いた文章を棒線で消したり、言い直したり、ぶつ切りにしたりといった表現が多く、心が大きく揺れているのがよくわかった。

ところが二巻では、悩んではいても、自分の気持ちを否定するような棒線で消す表現がほとんどなくなり、自分なりに一歩一歩前に進もうという姿勢が見える。ときには決断へ近づいていく力強さも垣間見えたりする。

そうした心の動きを丁寧に詩的に表現する文章も健在だが、ジュリエットの気持ちの変化にしたがって「じっくり味わう」タイプの文体が少しずつスピードアップしてくるのも、読んでいて清々しい。

原題『Unravel Me』のUnravelは「（謎など）を解く、（もつれた糸など）をほどく」という意味。タイトルどおり、解かなければならない謎、ほどかなければならない人間関係のもつれがいくつも出てくる。

ジュリエットはなにより自分自身を解かなくてはならない。自分の持つ力の謎。自分はどう生きていきたいのか。アダムへの気持ち。冷酷なだけではなさそうなウォーナーをどう考えればいいのか、等々。荒っぽい言葉で温かく励ましてくれるケンジや、無邪気な行動でみんなを和ませるジェイムズに支えられ、ひとつひとつの謎と真摯に向き合うジュリエットに、読む者も力づけられる。

本国では、アダム目線で語られる『Fracture Me』、ウォーナー目線で語られる『Destroy Me』という短いスピンオフ小説が出ていて、ジュリエットの一人称では語ることのできないふたりの事情が一部明らかにされている。

そんな背景もあってか、読者のあいだでどちらが好きかを表明する「チーム・アダム」、「チーム・ウォーナー」という言葉が飛び交っている。それぞれのイメージ写真もはりつけてあって、おもしろい。支持数に大きな差はないものの、若干ウォーナーが有利。あれだけ冷酷無比なウォーナーのどこが……という謎は、本書のどこか、および三巻でわかるはず。

次はとうとう最終巻。抵抗活動グループと再建党の戦いの行方、ジュリエットは特殊能力をコントロールできるようになるのか、どんな人生を選ぶのか、そしてアダムとウォーナーとの関係は？　ジュリエットの決断を、ぜひ最後まで見届けてほしい。

今回も、原文とつきあわせをしてくださった石田文子さんに大変お世話になりました。心から感謝いたします。

二〇一九年十月十日

金原瑞人・大谷真弓

UNRAVEL ME（アンラヴェルミー）　少女の心をほどく者〈下〉

潮文庫　タ－4

2020年　3月16日　初版発行

著　　者　タヘラ・マフィ
訳　　者　金原瑞人、大谷真弓
発 行 者　南　晋三
発 行 所　株式会社潮出版社
〒102-8110
東京都千代田区一番町6　一番町SQUARE
電　　話　03-3230-0781（編集）
03-3230-0741（営業）
振替口座　00150-5-61090
印刷・製本　中央精版印刷株式会社
デザイン　多田和博

ISBN978-4-267-02204-3 C0197